劳动妇女

王桂花

LAODONG
FUNÜ
WANG GUIHUA

中国当代
原创文学

王祥夫——
著

广西师范大学出版社
GUANGXI NORMAL UNIVERSITY PRESS
·桂林·

图书在版编目（CIP）数据

劳动妇女王桂花 / 王祥夫著. 一桂林：广西师范
大学出版社，2018.1
（中国当代原创文学）
ISBN 978-7-5598-0567-6

Ⅰ. ①劳… Ⅱ. ①王… Ⅲ. ①短篇小说－小说
集－中国－当代 Ⅳ. ①I247.7

中国版本图书馆 CIP 数据核字（2017）第 319033 号

广西师范大学出版社出版发行

（广西桂林市五里店路 9 号　邮政编码：541004）

网址：http://www.bbtpress.com

出版人：张艺兵

全国新华书店经销

衡阳顺地印务有限公司印刷

（湖南省衡阳市雁峰区园艺村 9 号　邮政编码：421008）

开本：880 mm ×1 240 mm　1/32

印张：7.375　　字数：130 千字

2018 年 1 月第 1 版　　2018 年 1 月第 1 次印刷

定价：36.00 元

如发现印装质量问题，影响阅读，请与印刷厂联系调换。

序

　　我常想，我若疯狂，还会不会再写小说？到时候我若是再写小说又会是个什么样？这也只是一个存在于心里的古怪想法，我很想试验一下，问题是，我好像不会疯也疯不了，顶多也只有烦躁和不安，或者是在写作的时候感到内疚。这是我自写作以来不曾有过的情绪，但现在有了，一动笔就觉得自己对不起谁。总在想，你凭什么写出这些东西？你凭什么要人去看你写的东西？这么一想心里就更加难过。去年我花了大约一个月的时间写完我的名为《旗袍》的小说，这是一个比较大的中篇小说，写完这个小说，我忽然觉得自己是不是替历史在害羞，自己是不是替历史隐藏了什么。问题是，我肯定替历史隐藏了什么，或者是某种看不到的力量让我必须去隐藏，这么一来，我作家的身份就变了，变成了一个伪君子，一个说谎者。这么一来,我心里就很不安,闭上眼睛,就好像有人已经从小说深处"踢它踢它"一路走过来,一直冲着我走过来,脸上的神色让我很害怕,我知道她就是我那篇小说中的人物,她有什么话要对我说?她要和我谈谈,谈谈我是怎样把历史左裁一块右裁一块然后搞成了这样,这让我很羞愧,这么多年来我写小说还不曾感到过羞愧。

一个作家,每有新书出,应当是欢喜的,有一份收获的喜悦在心上。这本小说集,收录了我近十年所写的短篇小说中的12篇,都不是近作,所以,色彩是有些驳杂的,这可以突破一个人的阅读经验,不至于让读者在读的时候感到审美疲劳。小说编好后,我却没有感到丝毫喜悦,就像是一个铁匠,他锤打一块生铁,本希望它变成一块精铁,却想不到它实际上只是一堆牛粪。写小说往往是这样——想法与实际效果往往让人发狂,我理解画家凡·高为什么忽然用刀把自己的画作纷纷划成碎片。

作家与生活是一种什么样的关系?是既不可能高于生活也不可能低于生活,我们只能贴着生活,就好像我们坐飞机在云端出没只是暂时的,两只脚只能永远贴着地面行走,就好像大雁永远只能飞翔在天空而不可能像一只土拨鼠那样钻到地下去。编自己的集子,本不用再一次谈论自己的诸多小说。我想一个作家如果不疯掉，如果再继续写下去，其实也没什么花样了。作家有时候很像是一把刀，其刀锋之所以几乎可以切开一切，是因为其足够锋利。如果社会是一头牛或一头猪，那么作家这把刀正堪一用。刀要有刀锋，作家这把刀的刀锋如果不想锈掉，那么它一定要在三块磨刀石上轮番打磨。面对众生，这三块石头分别是：同情、正义、斗争。如果作家像一把刀而不是别的什么破烂玩意儿的话！除此之外，你还能让自己像什么？请想象一下。

是为序。

王祥夫

2017 年 9 月 29 日

目录

怀鱼记

谁也不知道这条江从东到西到底有多长,有人沿着江走,往东,走不到头,往西,也走不到头。这条名叫"胖江"的江其实早就无鱼可打了,用当地人的话说是这条江早已经给搞空了。虽然江里还有水,但水也早已变成了很窄很细的一道,所以说这条江现在叫"瘦江"还差不多。尽管如此,人们却还会经常说起这条江的往事,岁数大一点的还能记起哪年哪月谁谁谁在这条江里打到了一条足有小船那么大的灰鱼,或者是哪年哪月谁谁谁在这条江里一次打到的鱼几大车都装不下,一下子就发了财娶了个内江媳妇。这个人就是老乔桑。

当年,江边的人们都靠打鱼为生,别看鱼又腥又臭,但鱼给了人们房子,给了人们钱和老婆,鱼几乎给了人们一切。但现在人们都不知道那些银光闪闪的、大的小的、扁嘴的、尖嘴的、成群游来游去的鱼都去了什么地方。这条江里现在几乎是没有鱼了,男人们只好把船拉到岸上用木棍支了起来外出四处游荡,女人们也不再织补渔网,即使有人划船去江里,忙乎一天也只能零零星星搞到几条指头大小的小鱼。人们在心里对鱼充满了仇恨和怀念,但每过不久还是要到鱼神庙去烧几支香。"鱼啊,别再四处浪游,赶快回家!"人们会在心里说。

老乔桑当年可是个打鱼的好手,村里数他最会看水,只要他的手往哪里一指,哪里的水过不多久就会像是开了锅似的,鱼多得好像只会往网眼里钻。乡里赏识他,说像他这种人才是当村主任的料,虽然他当村主任十多年却没搞出什么名堂。

老乔桑老了,现在没事只会待在家里睡觉,或者挂着一根棍站在江边发呆。他那个内江老婆已经抢先一步睡到地里去了,尖尖的坟头就在江边的一个土坡上。

老乔桑的两个儿子先后都去了县城,他们都不愿待在江边,江边现在什么都没有,他们也不会去江边种菜,再说也没有哪一片江边的土地会属于他们,江边的土地都是被人们开出来的,虽然江里没了鱼,但江边的土地却是十分肥沃,白菜、圆菜、长菜、萝卜、洋芋,无论什么菜种下去过不几天就会唑唑地长起来,而且总是长得又好又快,不少过去靠打鱼为生的人现在都去种菜了,撅着屁股弯着腰,头上扣顶烂草帽,乔土罐就是其中的一个。

老乔桑对在河边种菜的乔土罐说:

"鱼都给你们压到菜下边了。"

"鱼都被你们压死了。"

"听到听不到鱼在下边叫呢?"

乔土罐听了老乔桑的话笑得东倒西歪:

"老伙计,人老了说疯话倒也是件好事,要不就不热闹了。"

老乔桑更气愤了,用手里的木棍子愤怒地敲击脚下的土地:

"知道不知道鱼都被你们压到这下边了,还会有什么好日子!"

乔土罐说:"老伙计,莫喊,县城的日子好,你怎么就不跟你儿子去县城,县城的女人皮肤能捏出水,有本事你去捏。"

老乔桑扬起手里的棍子对乔土罐说:"我要让鱼从地里出来,它们就在这下边,都是大鱼,我的棍子指到哪里哪里就是鱼。"

乔土罐和那些种菜的人都嘻嘻哈哈笑得东倒西歪。

"下边是江吗？那咱们村有人要做鳖了，乔日升第一个去做！"乔土罐说。

老乔桑说："信不信由你们，我天天都听得清下边的水哗啦啦地响，我天天躺在床上都听得清下边的鱼在吱吱地乱叫。"

人们都被老乔桑的话说得都有些害怕，你看看我，我看看你，然后又都看定了老乔桑，过好一会儿，乔土罐用脚跺跺地面，说："老伙计，我们当然都知道地球这个土壳子下边都是水，要不人们怎么会在这上边打井呢？但水归水，鱼归鱼，有水的地方未必就一定会有鱼，是你整天胡思乱想把个脑壳子给想坏了，是鱼钻到你脑壳子里去了，钻到你肚子里去了，钻到你耳朵里去了，所以你才会天天听到鱼叫。为什么钻到你脑壳子钻到你肚子钻到你耳朵里，因为那都是些小得不能再小的小鱼。"

乔土罐一跳就跳过来了，把一根点着的烟递给老乔桑。

"现在江里的水都坏了，哪还会有大鱼。"乔土罐说。

"我见过的鱼里灰鱼最大。"老乔桑把烟接过来。

"还要你说。"乔土罐说。

"就没有比灰鱼大的。"老乔桑又说。

"说点别的吧。"乔土罐说。

"我也快要到这下边去睡觉了，不知还能不能看到大鱼。"老乔桑用棍子敲敲地面说。

老乔桑也已经有好多年没见到过这样大的鱼了。

这天中午，老乔桑的大儿子树高兴冲冲地给他老子提回了两条好大的灰鱼。

树高开着他那辆破车走了很远的路，出了一头汗，他把鱼从车上拖下来，再把鱼使劲拖进屋子，扑通一声撂在地上，然后从水缸里舀起水就喝，脖子鼓一下又鼓一下，他真是快要渴死了，这几天是闷热异常，黑乎乎的云都在天上堆着，但就是不肯下雨，这对人们简直就是一种挑衅。

老乔桑被地上的鱼猛地吓了一跳，几乎要一下子跳起来，但他现在连走路都困难，要想跳只好下辈子了。老乔桑好多年没见过这么大的灰鱼了，鱼足足有一个人那么大，鱼身上最小的鳞片恐怕也要比五分硬币还要大。

老乔桑开始绕着那两条大鱼转圈儿，他一激动就会喘粗气，他绕着鱼看，用他自己的话说看到鱼就像是看到了自己的亲祖宗从地里钻了出来。

树高喝过了水,先给他老子把烟点了递过去,然后再给自己点一根,树高要他老子坐下来:"老爸您别绕了好不好? 您绕得我头好晕。"

树高蹲在那里,请他老子不要再转圈子:"您怎么还转。"

树高对着自己手掌吐一口烟:"爸您坐下,好好听我说话。"

"我又不是没长耳朵,我听得见鱼叫还会听不到你说话。"老乔桑说。

"人们都说下大雨不好,我看下大雨是大好事,东边米饭坝那里刚泄了一回洪,好多这么大的鱼都给从水库里冲了出来,人们抓都抓不过来,抓来也不知道该怎么办,我看只好用盐巴腌了搁在那里慢慢吃,这次给洪水冲下来的鱼实在是太多了,不是下大雨,哪有这等好事!"树高对他老子说他赶回来就是要把这个好消息告诉家里人,"只要下雨,咱们这里也要马上泄洪,听说不是今天就是明天,要是不泄洪水库就怕要吃不消了,到时候鱼就会来了,它们不想来也得来,一条接着一条,让您抓都抓不完,所以咱们要做好准备。"

"我老了,就怕打不过那些鱼了。"老乔桑说。

"人还有打不过鱼的? 我要树兴晚上回来。"树兴是树高的弟弟。

"操他先人!"老乔桑虽然老了,骂起人来声音还是相当洪亮。

老乔桑就想起昨天从外面来的那几个人,都是乡里的,穿着亮晶晶的黑胶鞋在江边牛气地来回走,这里看看,那里看看,原来是这么个回事。

老乔桑找到了那把生了锈的大剪子,因为没有鱼,那把剪子挂在墙上已经生锈了。老乔桑开始收拾树高带回来的那两条大鱼,鱼要是不赶快收拾就会从里边臭起来。老乔桑现在已经不怎么会收拾鱼了,他现在浑身都僵硬,在地上蹲一会儿要老半天才能站立起来。他把又腥又臭的鱼肚子里的东西都掏了出来,扔给早在一边就等候的猫,猫兴奋地喵呜一声,叼起那坨东西立马就不见了。老乔桑又伸出三个鸡爪子样的手指,把两边的鱼鳃抓出来扔给院子里的鸡,鸡不像猫,叼起那些东西就跑,而是先打起架来,三四只鸡互相啄,呼扇着翅膀往高处跳。盐巴这时派上了用场,鱼肚子里边和鱼身子上都给老乔桑揉抹了一回。鱼很快就给收拾好了,白花花的,猛地看上去,不像是灰鱼,倒像是大白鱼。

老乔桑高举着两只手提着鱼走出去,把这两条大得实在让人有点害怕的灰鱼晾在了房檐下，房檐下的木杆上以前可总是晾满了从江里打上来的大鱼，现在别说这么大的鱼，连小鱼也没得晾了。鱼腥味扩散开来的时候，四处游荡的猫狗很快就都聚集到老乔桑的院子里来，它们像是来参加什么代表大会，你挤我挤你地从外面进来，你挤我挤你地在那里站好。鱼的腥味让它们忽然愤怒起来，它们互相看，互相龇牙，互相乱叫，忽然又安静下来，并排蹲在那里，又都很守纪律的样子，它们不知道接下来会有什么好事发生，所以它们都很紧张。

这时有人迈着很大的步子过来了，鱼的腥味像一把锥子，猛地刺了一下他，是乔土罐，他给挂在那里的鱼吓了一跳。

"啊呀，老伙计，那是不是鱼，不是吧？莫非是打了两条狗要做腊狗肉？但现在还不到做腊肉的时候？"

"睁开你的狗眼看好，那怎么就不是两条狗，那就是两条大狗，两条会凫水的大狗。"老乔桑嘻嘻地笑着说。

乔土罐已经把三根手指，大拇指、食指和中指并在一起伸到了大张开的鱼嘴里，一边笑一边让手指在鱼嘴里不停地出出进进。嘴里啧啧有声。

"啧啧啧啧，啧啧啧啧。"

"啧啧啧啧，啧啧啧啧。"

老乔桑知道乔土罐在开什么玩笑,但他现在实在是太老了,身体一天不如一天,对这些玩笑已经不感兴趣。很快,又有很多人围了过来涌进院子,是鱼的腥味召唤了他们,他们的鼻子都特别灵,许多年了,他们都没见过这么大的灰鱼。有一个消息也马上在他们中间传开了,他们吃惊地互相看着,都兴奋起来。米饭坝泄洪的事他们早就听说过了,但他们一直认为水再大也不会淹到他们这里,这事跟他们没多少关系。但他们此刻心动了,想不到他们这里也要泄洪了,更想不到泄洪会把这么大的灰鱼白白送给人们。老乔桑屋檐下的那两条大鱼已经让他们激动起来。他们抬起头看天了,天上的云挤在一起已经有好多天了,云这种东西挤来挤去就要出事了,那就是它们最终都要从天上掉下来,云从天上一掉下来就是雨,或者还会有冰雹。

　　乔土罐这时又把泄洪的事说了一遍:“只要一下大雨,不是今天就是明天,就等着大鱼的到来吧,你们就等着抓鱼吧,到时候它们会像一群数也数不过来的大猪小猪钻进鱼篓钻进渔网钻进女人们的裤裆,女人们到时候千万都要把裤子扎牢,要是扎不牢恐怕就要出大事了。”

乔土罐这家伙的嘴从来都藏不住半句话，人们就更兴奋了。让他们更加兴奋的是他们看见老乔桑弯着腰把放鱼的大木桶和大网袋都从屋子里拖了出来。这些东西都多年不用了，人们明白老乔桑这么做意味着什么，大家忽然都散开了，都明白了，大鱼真的要来了，这种事不能等，时间就是金子，人们都往自己家里跑。人们都知道要发生什么事了，人们互相奔走相告：

"大鱼要来了！"

"大鱼要来了！"

"大鱼要来了！"

乔土罐平时和老乔桑的关系最好，虽然老乔桑的脾气一天比一天古怪，总是有事没事说些谁都听不明白的话。乔土罐也不安起来，又接过一根树高递过来的烟，说抽完这根马上就走，说也要回去准备准备。看样子，雨马上就要来了，乔土罐又笑嘻嘻地对老乔桑说："你这人平时看上去像是个好人，这一回怎么一声不吭就干起来了。"

老乔桑说谁让你是个罐子，你就好好等着，到时候只要你张开嘴，就会有鱼掉到你这个罐子里。

"但不会是大鱼。要装大鱼，非要这种大鱼桶不行。"

老乔桑用棍子把木桶敲得咚咚响。

乔土罐又不走了,他蹲下来,用手摸摸桑木鱼桶:"说到拿鱼,谁都不如你。你知道大鱼从哪个方向来,到时候我一定请你喝酒。"

老乔桑说:"人老了,哪个还会看水,不让水冲跑了就是万幸。"

乔土罐说:"反正到时候我跟定你了,一有动静我就过来。"

"鱼在这下边,你抓吧。"老乔桑忽然说,用手里的棍子狠狠地敲击地面。

"你把这地方挖开鱼就出来了。"老乔桑又说。

"我去把酒准备好。"乔土罐站起身。

"一条接着一条,一条接着一条,大鱼就要来了。"老乔桑又大声说。

"下水抓鱼就得喝酒,我去准备。"乔土罐拍拍屁股,说他这回真要走了。

树高和树兴把乔土罐从家里送了出来,外面有风了,让人很舒服。

"你爸这样很久了。"乔土罐小声对老乔桑的两个儿子说。

"赶快下雨吧,大鱼一来他就好了,他一看到鱼就好了。"

树高看看天。

"抓大鱼是苦差事,我最讨厌抓鱼。"树兴看着乔土罐。

乔土罐扬扬手,风从那边过来,他再一次闻到了好闻的鱼腥味。

这天晚上,老乔桑兴奋得一直没睡,外面风很大,看样子真是要下了。

老乔桑对两个儿子说:"鱼马上就要来了,这一回可是真的,鱼又要回来了,只要一下大雨,鱼就会从水里从地里从四面八方来了,到时候抓都抓不完,可惜你妈看不到了,你妈再也看不到那么大的鱼了。"

村里的许多人也都兴奋得难以入睡,他们也都等着,有的人甚至喝开了,在火塘边烤几片鱼干或洋芋,一边喝酒一边等着大雨的到来,但他们最关心的事还是水库那边泄洪,这真是让人烦死了。他们已经好多年没见过那么大的灰鱼了,他们好像已经把灰鱼完全忘掉了。但灰鱼又突然出现了,竟然还是那样大的两条,虽然是两条死的,被挂在老乔桑的房檐下,但人们知道像这样大的灰鱼会随着泄洪一条接着一条出现,人们这时候都不讨厌雨了,而且希望它下得越大才越好,只有雨下大了水库那边才会泄洪，只有泄洪那些大鱼才会随着洪水一条接着一条地到来。只有那些大鱼来了人们才会把破旧的房子重新修过，人们才会去买新的电视和别的什么东西，只有大鱼出现，人们的好日子才会跟着来，光棍到时候就可以娶到媳妇了。人们还希望这样的大雨最好不要停，最好连着下它几个月，让水库放一次水不行，要让水库不停地泄洪放水，那些平时深藏在水里的大鱼才会无处藏身，才会一条接着一条地被水冲到这里，金子银子都不如它，鱼啊，你不是不来了吗？你怎么又出现了呢？人们都准备好了，把平时被扔在一边没了用场的渔网重新又找了出来，那种能伸进一个拳头的网是专门用来对付大灰鱼的，还有就是各种鱼叉，还有打鱼的棒，那种用麻梨木做的棒子，上面总是粘着几片银光闪闪的鱼鳞，那些大鱼，你非得用棒子使劲打它们的脑袋不可，你不把它们打晕了它们就不会乖乖地被你搞到手。女人们也兴奋起来，她们在雨里忙另一件事，她们把没用的房子都倒腾了出来，把挂鱼的架子也重新支了起来，家里人手不够的，她们急不可待地给在外的家人捎口信要他们赶紧回来，她们没有那么多的话，她们只说一句："大鱼要来了，大鱼要来了！"

老乔桑闭着眼睛坐在床上，好像睡着了，但又好像是没睡，每逢这种时候他总是这样,每逢江上有大鱼或鱼群出现的时候他总是这样,或者可以说是人睡着了但耳朵却没有睡。多少年了,虽然他现在老了但这个习惯他还没改掉也不可能改掉。他的耳朵生来就是听鱼叫的,鱼的叫声很奇怪,是吱吱的,声音很小,但老乔桑的耳朵从来都不是吃素的。当年捕鱼,老乔桑就日夜睡在船板上,人睡着了,耳朵却总是醒着,鱼的叫声从来都逃不过他的耳朵。老乔桑现在坐在那里睡着了,朦胧之中,他感觉雨终于下了起来,闪电像一把看不到的斧子,一下子就把天给劈开了,雨从天上被雷劈开的缺口一下子就倾倒了下来。

老乔桑的两个儿子树高和树兴还都在呼呼大睡。

是老乔桑的喊叫声把树高和树兴同时惊醒了过来。

"雨下得好大,雨下得好大,"老乔桑大声喊,跳下地就往外跑。

"雨下得这么大,大鱼就要来了。"老乔桑一边跌跌撞撞地往外跑一边说。

树高和树兴从床上跳下来跟着他们的父亲都跑到外边去,外面是漆黑一片,没有一点点光亮,有风吹过来,从这片树梢到那片树梢再到更远的树梢,发出哗哗的响声。树高和树兴忽然都感到有什么地方不对头,他俩都抬起头来,用手摸摸脸,却没有哪怕是一点或两点雨水落在他们的脸上，这真是奇怪，因为仰着脸，没有雨水淋到他们的脸上，他们却意外地看到了星斗，是满天的星斗，白天的云此刻早就不知道去了什么地方。既然那些云都去了别处，人人都知道，别说大雨，就是小雨也不会再从天上飘然而至。这时树高和树兴又都听到了什么。声音不高不低不远不近，像有什么在叫，好半天，树高和树兴才明白过来那是猪在睡梦中哼哼。除了猪的哼哼声，还有鸡的叽叽咕咕，那几只鸡到了晚上也都睡在猪圈里，就好像它们和猪原本就都是亲戚，只不过是长得样子有所差别。

"大鱼才这么叫，大鱼才这么叫。"老乔桑忽然小声地说。

风呼呼地吹着，树高和树兴都不说话，但树高和树兴马上就感到了害怕，他们听到他们的老子在自己跟自己小声说话，老乔桑说："这么多的鱼啊，这么多的鱼啊，啊呀，这么多的鱼啊。"老乔桑不停地说，身子不停地往后退，就好像水已经没了他的脚踝，已经没过他的腰，马上就要没过他的脖子，所以他只能往后退，老乔桑往后退，往后退，忽然大叫一声，一屁股坐在了地下，树高过去往起扶自己的父亲时，老乔桑突然又大叫起来，说是一条大鱼压住了他。

"啊呀，好大，好大的一条鱼啊！"

树高和树兴把父亲拉回屋里按在床上，老乔桑又叫了起来："鱼呢鱼呢？"

树高忙把挂在外面的大灰鱼提了进来，说："鱼在这里。"

老乔桑把鱼一把搂住了，这是多么大的一条鱼啊。最小的鱼鳞几乎都有五分硬币那么大。当年老乔桑在船上打鱼的时候就是这么搂着大鱼睡觉，那时候每次出去打鱼都能打到许多许多的鱼，船里连人待的地方都快没有了。老乔桑说大鱼就和老婆一样，只有搂着睡才舒服。

老乔桑睡了一会儿马上又醒了，又大叫起来："鱼呢鱼呢？"

老乔桑睡着的时候树高又把那条鱼提了出去，人总不能跟一条鱼待在床上。

树高再次出去的时候，那两条挂在那里的大灰鱼却不见了。

"鱼呢？"树高吃了一惊，对树兴说。

"鱼呢？"跟在后面的树兴也看着树高。

"大灰鱼呢？"老乔桑在屋里大声说。

"鱼不见了。"树高和树兴又站到了父亲的床边。

老乔桑坐了起来，眼睛睁得很大，出奇的亮，他忽然不叫了,他拍拍自己的肚子,看着树高和树兴。

"鱼在这里。"老乔桑说。

"鱼就在这里。"老乔桑又说,说鱼刚才已经钻到了自己的肚子里。

"那么大的两条鱼就不应该挂在外边,不知道便宜了谁。"树高对树兴说。

兄弟俩又出去找了一下,屋前屋后都没有,天快亮了。

老乔桑病了,他这个病和别人的病不一样,人虽然半躺半坐地待在那里,但是要说的话却比平时多十倍。老乔桑现在不说鱼在地下的事了,他见人就说,有一条很大的鱼就在他肚子里,很大一条,这么大一条。

"好大一条,总是在动,就在这里。"老乔桑皱着眉头指着自己的肚子。

那些在河边种菜的人来家里看老乔桑,他们几乎是齐声对老乔桑说:

"那么大一条鱼能放在你的肚子里吗?你不觉得奇怪吗?"

"好大一条,就在我的肚子里,它已经钻到我的肚子里了。"这回是,老乔桑用棍子轻轻敲击自己的肚子,说鱼就在这地方,在动,打这边,它就跑到那边,打那边,它们就跑到这边,啊呀,好大的一条鱼。

"那你就打啊,张开嘴,把它从嘴里打出来。"人们嘻嘻哈哈地齐声说。

老乔桑就真的用棍子在自己的身上啪啪地打起来,像在练什么套路。

人们赶快冲上去把老乔桑手里的棍子夺下来。虽然人们个个都不相信鱼会钻进老乔桑的肚子,但人们个个又都想听老乔桑说说那条鱼是怎么进到他的肚子里去的;人们虽然知道这种事不可能,知道这只是老乔桑在昏说,但人们就喜欢听老乔桑昏说,只有这样,寡淡的日子才会有一点生气,一点欢乐。

"这是不可能的事,鱼怎么会跑到你的肚子里?"乔土罐这天也在场,他蹲在那里,抽着烟,仰着脸,眯着眼,很享受的样子。他觉得这件事实在是可笑,不单单是老乔桑说鱼钻进了他自己的肚子里可笑,是一连串的可笑。最可笑的是他们把多年不用的渔具都辛辛苦苦准备好了,天上的云却忽然跑得无影无踪。别说大鱼,现在就是连小鱼也难得一见,不过这几天人们还是在盼着来一场大雨。但天空上现在连一小片云都没有,云不知道都去了什么地方。

"就在这里,就在这里。"老乔桑用手使劲拍着自己的肚子。

"你再说,在什么地方,在什么地方?"乔土罐笑着说。

"就在这里,就在这里。"老乔桑使劲地拍着自己的肚子。

乔土罐就笑了起来,说:"这可是千年少见!"

"怎么说?"老乔桑看着乔土罐,两只眼睛亮得出奇。

"老伙计老主任,恭喜你,你怀上了。"乔土罐说。

老乔桑的眼睛突然瞪起来,瞪得像两只铜铃。他从床上一下子坐起来,那根棍子就朝乔土罐飞过去,砰一声,好在乔土罐躲得快,被砸碎的是他身后的一个菜缸。

菜缸里的酸菜水哗啦啦地淌出来的时候,乔土罐已经从屋子里跑了出去。

乔土罐对站在外边看热闹的人们说:"树高和树兴都得赶快回来,请乔仙也过来看看,是不是真是有什么鬼魂钻到了他的体内。一个人,肚子里怎么会放得下那么大的鱼。"乔土罐说自己好在躲得快,要不那根棍子就要从这里穿过了。乔土罐用手指点点自己的额头,好像那根棍子已经穿过了那里。

乔土罐用手捂着额头回家去了,额头那地方好像真有一个洞,还好像有风,呦呦地从那地方穿过。

老乔桑拄着那根棍子出现在门口的时候人们还没有完全散去。

"乔土罐,满嘴放屁,哪个才会怀上？什么叫作怀上？"

老乔桑是气坏了,他认为乔土罐说了句最难听的话,最不敬的话,因为只有女人才会怀上,要是猪,也只能是母猪,要是羊,也只能是母羊,要是兔子,也只能是雌兔子,"什么东西才会怀上？"

"这地方是胃,是胃。"老乔桑把自己的衣服扒开,露出他的肚子,肚脐眼此刻就像是一只瞪得很大的眼睛,"那条鱼就在这地方,这是胃,在胃里怎么能够说是怀上？"老乔桑一边说一边把自己的肚子拍得砰砰响。老乔桑说要找一把刀把这地方剖开,让那条鱼从里边出来。老乔桑说这种事只有医生做得来,只有医生能把自己胃里那条鱼取出来。

说话的时候,老乔桑两眼放光,有点怕人。

这天晚上,老乔桑拄着棍去找他的老伙计乔谷叶。乔谷叶当年做过许多年的赤脚医生,虽然现在早不做给人看病的事了,但他毕竟还认识许多草药,闲的时候他还会到处去采,他知道许多关于治病的事。乔谷叶一听老乔桑说话就忍不住嘻嘻哈哈地笑了起来。乔谷叶说："这是好事嘛，人们现在都知道你的肚子里怀了一条鱼，也许，十个月后它自己就会出来了，到时候怎么吃，煮来吃或是做风干鱼都是你的事。"

"怎么你也这么说！"老乔桑火了。

"你不是说肚子里有条大鱼嘛。"乔谷叶说。

"这地方，这地方是胃，在胃里能说怀上吗？"老乔桑把肚子拍得砰啪响。

"那不是怀上又是什么？"乔谷叶又笑了起来。

老乔桑脸色煞白，他可怜巴巴地看着乔谷叶，说："你真不知道，真是一条很大的鱼在我肚子里，到了晚上还会咕咕叫，你不来救我谁来救我，难道你还想看我亲自拿把刀把它从我的肚子里取出来吗？你把它取出来，出了事我不会怪你，你给我取，有白酒有刀就行，我知道你有这两下子。"

"这个我可没得一点点办法，我当年没学过妇科，要是在别处动这个手术或许还可以，我保证切得开也缝得住，但这是妇科的手术嘛。"乔谷叶一半是开玩笑一半是实话实说。

"你摸摸我这地方，你一摸就知道里边这条鱼有多大，你摸这边它往那边跑，你摸那边它往这边跑。"老乔桑脸色煞白，他让乔谷叶摸他肚子。

"这是妇科的手术嘛，可惜我没有学过。"乔谷叶又说。

老乔桑已经把乔谷叶的手按在了自己的肚子上，乔谷叶只好用手去摸，用手指去按，那个地方，也就是肚子，就好像是一只松松垮垮没装任何东西的袋子。乔谷叶此刻不知该说什么，只好口不随心地说："要想把这条大鱼从肚子里取出来最好先弄死它。"老乔桑满脸大汗的样子让他心里很不舒服很难过。

"哪个要它死，我要让它回到江里去，让它在江里游来游去。"老乔桑说。

乔谷叶把老乔桑从家里送出来，说你慢些走，小心把鱼掉出来。

"我看他是跟上鬼了。"老乔桑离开乔谷叶家的时候，乔谷叶的老婆正把一桶猪食倒进猪栏，她小声地对乔谷叶说，乔谷叶忽然忍不住笑了起来。这时候老乔桑已经走远了，他对老婆说："他还不如怀上一头猪，到时候杀了可以做腊肉。"乔谷叶笑得直哆嗦。

"我看他是跟上鱼鬼了。"乔谷叶老婆说凡是世上的东西死后都有鬼，猪鬼、羊鬼、牛鬼、蛇鬼、狗鬼、猫鬼，老乔桑最好赶快去鱼神庙烧烧香。

乔谷叶笑着对老婆说："明明不对嘛，酒也不会死，怎么还会有酒鬼?"

乔谷叶的老婆再想说什么,乔谷叶又去喝他的酒了,他自己用各种草药泡了一大罐酒。每次喝过这种酒,乔谷叶就总觉得自己像个火炉子,里边的火旺得不能再旺,火苗子呼呼的,床头把墙壁撞得嘭嘭乱响。

树高和树兴这天都赶回来了,提着两条腊肉,还有一盘老乔桑最喜欢吃的猪大肠。树高摸摸老爸的手,吓了一跳,老爸的手很烫。他们弟兄两个都已经商量好了,这回一定要把老乔桑接到县城里去。县城里又没有江,看不到江就不说鱼的事,什么大鱼小鱼,到时候都跟他们老爸没关系。人老了,应该好好活几年了。老爸到了县城一替一个月轮着在两个儿子家里住还新鲜。老乔桑毕竟是见过世面的人,马上就答应了,倒是爽快,但吃饭的时候却又突然说去县城可以,但怎么也不能把肚子里的鱼也带到县城里去。

"这么大的一条鱼,你看它此刻又在肚子里跑水,快快快,跑到这边了,"老乔桑拉住树高的手就按在自己肚子上,"鱼头在这,鱼尾在这,这么大一条鱼你会摸不到,又跑了,鱼头在这在这在这。"

树高一把把手抽开,说:"爸你是怎么回事,那是软绵绵的肚子嘛,哪里有什么鱼,你还鱼头鱼尾鱼肚子。"

老乔桑又把树兴的手一把拉过来按在自己肚子上,说:"这地方,就这地方,你用力按,就这地方。"

树兴从小就坏,他笑嘻嘻地说:"可不是,这就是一张鱼嘴,我摸到了,在一张一合一张一合。好家伙,它又转过身子了,这是鱼尾了,摆开了摆开了,这鱼尾摆得就像我妈在扇扇子,好大的扇子,想不到老爸肚子里有这样一把扇子。"

树兴把手里的一把破竹壳扇子放在老乔桑的肚子上:"爸您说,您肚子里的鱼尾巴有没有这把扇子大?"

"当然要比这把大,"老乔桑忽然有些不高兴,"说你兄弟两个王八蛋是不是以为老爸跟你们开玩笑胡说? 老爸这就找把刀剖给你们看。"

"现在又不是流血牺牲的年月,您不要把话说得这样怕人嘛,怎么说您都是当过村主任的人。"树兴说,"问题是,我们都想知道这么大一条鱼是怎么进去的,从什么地方,您总要给我们说清楚嘛,这样不明不白也说服不了人,是从一颗鱼卵的时候就进去的还是长成一条大鱼才撞进去的,到底怎么回事?"

"狗日的!"老乔桑用棍子猛地一敲桌子,"请医生又不用你们花钱,我自己还有,我跟你们说鱼在这里就在这里,还说从什么地方进去的,我要知道它是从什么地方进去的倒好了,就不会有现在的事。"

老乔桑不再吃饭,已经气得鼓鼓的,辣子炒肥肠也像是没了什么滋味。

树高树兴两兄弟没心思再吃下去,他们双双出门去找乔日升。乔日升现在毕竟是村主任,村里有什么事找他总没错,再说这种事,找个人拿拿主意也好。再说乔日升的老婆乔桂花还是树高和树兴的亲表姐,要不是乔桂花是他们的亲表姐也许乔日升还当不上这个村主任。

乔日升住的房子离老乔桑不远,转过几道墙就到,墙里的叶子花开得好红。

树高和树兴没想到乔日升一看到他们兄弟俩先就忍不住笑了起来。说就你们那老爸,送到正经地方算了,我这几天正为此事发愁。

"看看看,看看你一个做村主任的是怎么开口说话。"树高说。

"那你说,那么一大条鱼是怎么钻到你老爸的肚子里的?"乔日升正在吃饭,已经吃出了一头汗,一张大肥脸像是涂过了油,亮得要放出光来。乔日升说还有好事呢,不少外边的人都要过来参观你爸的肚子,人们都奇怪得了不得,都想知道好大一条鱼怎么就会钻到一个人的肚子里。乔日升说他已经把好几拨人拦住才没让他们来,"都是县里的,都对此事感兴趣,我对他们说哪有这回事,人家还不信,说现在世上什么离奇事都有,你们村里出了这样的事也是好事,可以增加旅游收入……"

乔日升这么一说树高和树兴兄弟俩就一下子愣在那里。

"要不先请报社的记者过来看看宣传一下,也不是什么坏事。"乔日升说。

"你以为是耍猴。"树高马上就不高兴了,乔日升比他也大不了几岁,说起来他们还都是一个学校的同学。树高说:"我们兄弟俩是过来向你讨个主意,你怎么说起增加旅游收入,我老爸,你又不是不知道他那个性格,这会儿就在家里找刀呢,说要自己把肚子剖开让那条大鱼出来。他要是真把肚子用刀给搞开,你未必就没有麻烦,这是你的地盘,你是这里的村主任。

"问题是我也没碰到过这种事。"乔日升说,"前几天在县里开会不少人又问这件事,都想过来看,你让我怎么回答?要是马戏团耍猴,也未必会有人这么上心。"乔日升说:"趁你们兄弟俩都在,你们说怎么办,我是村主任不假,你们兄弟俩给拿个主意,人肚子里怎么会有大鱼?这事越传越热闹,都说不清,要这样下去,我长一张嘴不行,得再长一张嘴。"

乔日升这么一说,树高和树兴兄弟俩就都没了话。

在一边吃饭的乔桂花这时用筷子敲敲饭碗,说:"这事我倒有个主意,别管别人怎么说怎么看,重要的是找个大夫把你爸肚子里的鱼取出来就是。"

"问题是肚子里没鱼,有鱼倒好了。"树高说。

"看你说的,肚子里哪会有鱼。"树兴也跟上说。

"你这是起哄,还嫌不热闹。"乔日升说,"那是你叔看你说的。"

乔桂花把饭碗放下,把筷子也并排放下,说:"你们几个大男人都快要笨死了,这件事只把你老爸哄过就是,明摆着是你老爸神经出了毛病,这件事也只好这么办。"乔桂花又说:"那是我叔,我能不想?我也想了好多天了。"

"那你说怎么办?"乔日升说,看着自己的老婆,实际上,村子里有什么事他总是让老婆给拿主意,他自己也知道自己是个草包,只会不停地把自己吃胖。

乔桂花又把饭碗端起来往嘴里扒拉几口饭,然后才如此这般,这般如此地把主意说了一下。说这件事好处理也好处理,到什么地方买那么一条大鱼,就说给他做手术从肚子里往出取鱼,到时候打一针麻药针就完事,大不了在肚皮上划那么一个口子,也要不了命,这也是没办法的办法,只要消毒好就要不了命。

"总比你爸忽然哪天想不开自己动刀把肚子拉开要好得多。"乔桂花说。

乔日升忽然笑了起来,说乔桂花想不到你还真有一手。

"那谁来做这事,你去医院,医院会不会给你做?"树高说,"你以为医院是你家开的你想做什么就做什么。"

乔日升就笑了起来:"这点事,乔谷叶就做得来,当年有头驴给车在肚子上撞开个大口子还不是他缝的,缝衣针上穿根细麻线,那头驴也没死,照样拉磨磨豆子。"

"看你,我爸又不是驴。"树高说,两眼看定了乔日升。

"这事就让乔谷叶来,我去对他说。"乔日升说,"只在表皮拉道口子缝一下就行,又不用拉通,出不了大事。到时候你只需把大鱼买好装神弄鬼就是。"

乔日升是个急性子,又扒拉几口饭,他不吃了,拍拍屁股去找乔谷叶,树高和树兴跟在他屁股后面,外面很热,鸡都在阴凉处打瞌睡,狗热得没了办法,只会把舌头吊在外边晃晃荡荡,远远看去倒好像它们嘴里又叼了块什么。

乔谷叶正在睡觉，他这做派和乡下人完全不一样，除了喝药酒，他天天中午都要躺在那里睡一下。乔谷叶一听要他给老乔桑做这个手术就马上说不行："天天碰面，没有不露豆馅儿的时候，我做不来。"乔谷叶说这手术最好去米饭坝医院那边去做，他那边有朋友，给几个钱在医院里找个地方就可以装神弄鬼。到时候他可以打下手。

从乔谷叶的家里出来，在回去的路上，乔日升忽然又有了新鲜的想法，他对树高和树兴说："到时候，要好好买一条大鱼，而且要把消息说出去，就说很成功地从你老爸肚子里把那条大鱼取了出来，这事要报道一下，好好报道一下。"

"做了再说。"树高说这就像演戏，别演不好砸了锅。

"没问题，打了麻药人就什么也不知道了，在肚子上浅浅地拉一刀子，又不是真的开肠破肚，再在拉的口子上缝几针，你老爸难道还会不相信？还会再用手把伤口拆开？世上就没有这种人。"乔日升说。

"好，就这么办。"树高忽然高兴起来，这事终于有了解决的办法。

树兴却苦着脸，小声问树高："这会花不少钱吧?"

"那不是别人！那是你老子！你和我都是被他从咱娘肚子里给搞出来的！"树高忽然又有些生气，大声说。

虽然说谁也不清楚这条名字叫"胖江"的江到底有多长，但只要从乔娘湾往东走，第一个歇脚处就会走到米饭坝，米饭坝的老地名其实是叫米饭镇。因为人们走路会累，累的结果就是饿，大人会对小孩子们说："再走走就到，再走走就到，到了就有米饭吃。"所以久而久之这地方就叫了米饭镇，到了1988年这里修了大坝，政府组织人们参观这个工程，米饭镇倒不被人们说起了，所以这地方只叫了米饭坝。

树高和树兴说是陪老爸去米饭坝把肚子里的大鱼取出来，其实去的就是米饭镇。为了去米饭坝把肚子里的鱼取出来，树高和树兴劝说老爸在家里好好歇了两天，其实这两天树高是一直在忙着买大鱼的事，大鱼买不来就不能动这个手术，水库泄洪的时候，整条米饭镇的街上到处都是大鱼，到后来卖不出去的大鱼臭得像一坨一坨的狗屎，而现在想买条大鱼却很难。但这条鱼终于也托人买到了。

乔谷叶也已经和那边医院说好了，临时找一个病房，一切按着手术的程序办，该交多少费就交多少费，为了让老乔桑不起一点点疑心，到时候还要给他打打麻药，但医院那面又说了，麻药打多了怕出事，这又不是真正的开肠破肚，好不好只在肚子的表皮上局部来几针，然后给病人再吃两粒睡觉药，让他睡着，一觉醒来给他看鱼就是。到时候就说："好了，大鱼从你肚子里给取出来了！"医院那边也都知道了老乔桑的怪事，医院那边说，不管他得的是什么病，不管能治不能治，只要是能对他有好处就算是治病救人。所以，一切都按着计划进行。

做手术的时候，天上忽然呼呼地刮起了好大的风，紧接着云也来了，看样子有场大雨要下。医院那几个给老乔桑做手术的医生都是乔谷叶的老朋友，当年他们曾经在一起受过赤脚医生的培训，手术前，乔日升请他们吃了一顿饭，狗肉驴肉一齐上，又都喝了些酒。老乔桑给摆在手术台子上时，衣服全部都被剥去，光溜溜的躺在那里，肚皮那地方给划了道线，大家都知道这是什么手术，所以下刀都很浅，麻药打下去之前只说是还要吃几粒防呕吐的药，其实就是睡觉药，老乔桑居然很配合，听话得像一个孩子，把药乖乖吃了，只一会儿，老乔桑就人事不知，这其实是最简单的手术，只是在肚皮上轻轻拉一道很浅的口子，然后马上再缝合起来，那条大鱼事先被兜在医院做手术用的帆布兜布里，还被一次次淋过水，又被吊起在旁边的一个金属架子上，是为了让老乔桑醒来一眼就看到。这真是最简单的手术，因为喝了酒，人们一边做事一边嘻嘻哈哈地说些陈年往事。麻药打下去，药片吃下去，老乔桑就像睡着了一样。等他醒过来，已经过了好长时间。

乔日升对树高和树兴说："这个手术做完后你老爸就好了，就会像正常人一样，会再好好活几年。"旁边的那几个医生说这种事多着哩，这也只能算是最轻的癔症，如果重了会满街乱跑，见了狗屎都会抓起来吃。那个负责麻醉的医生说，这种病说好治也好治，只要把他的心病一下子去得干干净净，人就又会回到从前的那个人。

手术只用了一小会儿时间，然后乔日升乔谷叶和树高树兴就陪着那几个医生去到另外的一个屋子里去说话，喝茶嗑瓜子和吃西瓜。手术做得真是成功，到老乔桑该醒来的时候他果真醒了。

老乔桑醒来，睁开眼，眼球开始打转，这边看看，那边看看，站在他旁边的树高树兴便马上俯下身子对他说："这下好了，鱼取出来了，真是好大一条鱼。"

老乔桑此刻的声音是呜呜……舌头仿佛打了卷儿，旁边的一个医生说不要紧，这是麻药的反应。老乔桑掉过脸看到那条大鱼了,被兜在医院的帆布兜布里,鱼真是很大,一头一尾都露在外边。

老乔桑突然呜呜地叫了起来,呜呜的声音虽然含糊不清,但人们还是听清楚了老乔桑在大喊不对。树高把他老爸那两只扬来扬去的胳膊一把抱住,听到老乔桑在说他肚子里的那条鱼是大灰鱼,一条很大的灰鱼,怎么会是现在的四须胖头鱼?

老乔桑呜呜地说这不是他的鱼,他的鱼还在他的肚子里。

医院的那几个医生也马上围拢过来,他们知道怎么对付这种情况,他们把老乔桑轻轻按住,并且马上对老乔桑说:"手术还没做完呢,手术还没做完呢,那是别人的鱼,现在肚子里有鱼的人很多,你的鱼还没有取出来呢。"这几个人,又是一阵忙乱,又重新给老乔桑吃了药片,再一次打过麻药。这边这样忙,那边的树高和树兴忽然从医院里奔跑出去,米饭镇是个小镇子,树高和树兴知道人们赶场的地方在哪里,但他们就是不知道现在那地方还会不会有很大的灰鱼。树高忽然很想大哭一场:

"如果没有大灰鱼怎么办?"

"如果没有大灰鱼怎么办?"

"如果没有大灰鱼怎么办?"

树兴不知道该说什么好,只是不停地跟着快走。

"是大鱼就是了,你们老爸真是事多!"

树兴还没答话,乔谷叶却跟在后面说了话,他想去乡场上再买些烟叶。

伤心蘑菇

　　下雨对住校生无疑是一种软禁,怎么说呢? 要是不下雨,住校生就可以有种种活动,比如踢球,或者跑步,或者什么也不做,只是出去随便走走。学校里的生活是单调的,单调就单调吧,但单调也有单调的意思,那就是:既然没有别的事可做,住校生们至少还可以去湖里学游泳。但这也只能是夏天的事。到了这年冬天,团委副书记李宝强忽然有了新鲜的想法,打了报告,便买来了许多双冰鞋,号召住校生到湖上去滑冰,住校生为了怎样租借冰鞋还动了气,结果规定全部冰鞋都归团委管理。但人们很快便明白这只能是一种想象,湖上虽然结了冰,却根本就不可能让人们在上边搞活动。湖里的冰原是活的,不像是滑冰场上的冰死板一片。是这样的,你站在湖上,就会听到咯咯吧吧的声音,是湖冰在那里咬牙切齿,忽然,从这里,一下子,一大道冰缝子出现了,忽然,从那里,又一道冰缝子出现了。一有冰缝出现,冰便会马上鼓起来,好像是湖里有什么东西对封住湖水的冰太不满了,使了大力,把那冰给挣开了,但冰又是官僚作风,容不得半点反抗,很快又把冰缝子给封死了。这样的冰能让人搞冰上运动吗。冰鞋便又给收了起来,只是,在想起来的时候团委副书记李宝强还会给冰鞋上一些黄黄的机油,做这种事的时候,他总是要把李跃进拉上。一是李跃进和他关系最好,二是李跃进做事认真。就说给冰鞋打油吧,李跃进总是把黄油先在鞋子上打一层,再往冰刀上打一层。打好了,让鞋子先吃吃油再用布子擦。冰刀上最后还要贴上一层油纸。这样冰鞋连一点点锈都不会生。李跃进不怎么爱说话,总是静静的,有点腼腆。

学校的生活是艰苦的,而且呢,那些住校生们总是吃不饱,因为他们年轻,胃口总是如狼似虎,好像是刚刚吃完了饭就又饿了,这是吃粮有定量的年代,粮食的定量都是有规定的,每个住校生,每月都会用自己的粮票和油票到食堂去换饭票,饭票是用牛皮纸做的,这真是种结实的纸,放在手里折几折,会嘎嘎响,也只能用嘎嘎响来形容这种纸的结实。但这种饭票总是用了又用,慢慢污脏了同时也柔软了。直到上边的公章脏得看不清面目的时候便要换新饭票了。那些住校生,他们的财产除了搪瓷洗脸盆、铝质肥皂盒、铝质饭盒和行李,还有换洗的衣服,最重要的就是饭票。一般是一沓子饭票用一根猴皮筋扎着,像珍宝一样锁在抽屉里,用的时候就抽几张,过一阵子还要数一数,算计到月底还有几天。学校的食堂呢,就在学校的东边,学校因为是盖在了城外,地方原是很大的,好像只要是学校愿意,可以占更多的地方,学校圈围墙的时候就把东边的好大一片地圈了起来。现在的情况是,东边便是食堂开辟出来的菜地。菜地是一畦一畦的,但不是规则的,而是一畦朝东,另一畦也许就朝了西,因为有水渠,每一畦又都很独立的样子。菜地里种的不外乎是青椒、四季豆、茄子、白菜、萝卜。食堂里的红脸大肚子老王,山东人,是种菜的行家,他会把菜地安排得要什么有什么,比如葱,总是连冬天的都有了。到了冬天快来的时候,住校生们都要去参加劳动,就是起葱,也就是把葱从地里拔出来,用草绳儿把葱一捆一捆扎好了。起葱的前一天要在地里放水,水放足了,第二天才好起。但到了第二天,地里还是黏的,葱地平时看上去不大,但到了起葱的时候才让人觉得葱种得是不是有些太多了?食堂的后边,也就是食堂的北边,都是葱,还有就是土豆。住校生最怕的就是起葱,起一天,又起一天,有时候还要再起一天，累且不说，身上就都是葱味儿了。起完葱，手都是绿的，指甲呢，是一痕深绿。到食堂西边的澡堂里去洗澡，热腾腾的澡堂子里弥漫的都是葱味儿。起完葱，然后就是起山药了，起山药也不是件好玩的事，一个人用锹，一个人用双手拉住山药蔓子。起山药的时候团委副书记李宝强也总是爱和李跃进在一起。李宝强把锹往下一蹬，那拉山药蔓子的事就是李跃进的。李跃进总是就势一拉，山药就大大小小地从土里欢跳了出来。李宝强站着，李跃进却要蹲在那里。李宝强是蹬几锹就可以歇一歇，而李跃进却总是蹲在那里忙。人们都知道李跃进想入团，想入团就要表现，这还有什么说的，但问题好像不是这么简单。李宝强和李跃进的关系谁都看得出来是真好，几乎是做什么都要在一起，理发一起去，洗澡也要一起去。考试前，复习紧张了，李宝强会和李跃进钻到一个宿舍里，晚了就挤在一个被窝里。两个人怎么会那么要好呢？谁也说不清。起山药的时候，学校的前院和后院就总是晾满了黄黄紫紫的山药。山药这种东西在入窖时是要晾一晾的，这样才好储藏。收山药的时候，住校生们就使劲吃山药，或者就到校边的地里去烤着吃，在地上先掘一个坑，在坑里点上火烧，火快灭的时候把山药扔进去，再用土把坑连火带山药都焖上，然后就可以走开去做别的事,比如再上一节课,下课的时候再去把那坑挖开,山药早熟了。李宝强常常把李跃进叫出去做这事,他坐在那里,让李跃进给他把早就焖熟了的山药从土里刨出来,再把山药上的焦皮剥了拿给他吃。或者是,晚上他俩用脸盆煮山药吃,在里边放点儿盐。那脸盆是既用来洗脸又用来洗脚,也是学校统一发给学生的。

学校的生活是单调的,那些住校生都是十八九的岁数,这正是情欲如雨后春笋的年龄。情欲这种东西是不受人控制的,不是说你要它怎样它就怎样,往往是你不让它怎样它在那里就偏偏怎样。在澡堂里洗澡的时候,是住校生互相开身体玩笑的时候。人类身体的各个部件其实都是一样的,但或许也有一点小小的区别。洗澡的时候,李宝强总是要李跃进给他搓澡,搓澡要指挥吗?李宝强却偏要"这儿,这儿,这边,这边"地指挥李跃进。人们都奇怪李跃进怎么会那么听李宝强的话。好像有一次,是另外一个同学给李宝强搓的澡,李跃进还生了气,他们竟然好到这种地步!李跃进是班上学习最好的,个子不太高,白白的,猛看一点都不起眼,嘴还有些撇,眼睛却出奇的好看,眼毛很长,他不笑的时候,他那张脸简直是一点点看头都没有,他一笑,一下子就变样了,生动了。李跃进好像平时不怎么爱说话,但是一激动起来哒哒哒哒,话就来了,不但说得多,而且快。他又是宽容的,别人说他什么,他也只是笑笑,好像岁数一下子比别人都大了。李跃进又是喜欢文学的,没事的时候会捧着屠格涅夫的小说到学校外边的树林子里一边走一边读。李跃进是一个很刻苦的学生,又自律,好像还很害羞,和女学生们很少说话,一说话脸就红了。这和他的家庭有关系,李跃进从小跟着他妈过,他的父亲早就去世了,他也没有兄弟姐妹,他妈就守着他一个人过日子,他妈也没有什么本事,就是勤俭,靠着他爸爸单位给的那一点点抚恤金,再加上给人做做针线活。就是这样一个住校生,他没有什么突出的地方,比如篮球打得好,或者是会办板报,这些他都不会。他和别人的区别好像只在于他喜欢干净,经常把衣服洗得干干净净,别人的内裤一个星期洗一次,他倒要去水房里洗三四次,这就又让李宝强开他的玩笑,什么玩笑呢,说他晚上是不是又在床上自己跟自己艰苦奋斗了。李跃进脸便红了,笑着极力否认,他这样一来,开玩笑的李宝强倒像是受了鼓舞,会把玩笑开得更加深入,说李跃进是学校最好的跑马队员,一夜能跑五六次。李跃进总是在那里笑嘻嘻地分辩,分辩,再分辩。然后是不分辩了,说:"宝强你说几次就几次吧,反正你知道我,反正我的名字就叫跃进。"

住校生的情感往往是这样亲密起来，没有条理，有些杂乱，亲密得没有一点点章法。就像他们的宿舍一样，随便拉几根绳子，上边搭的东西五花八门，袜子、短裤、手巾、背心，最乱的是床上，有时候被子是不叠的，醒了，起来了，被子就往那里一推。衬衣是穿脏了，脱下来想洗，却忽然又反过来再穿在身上。而李跃进却不是这样，他是有条理的，搪瓷牙缸在什么地方，铝质的肥皂盒在什么地方，衣服又放在什么地方，都是有条有理的。袜子洗好，干了，他会把两只袜子铺一铺，压在一起，然后一卷一卷，一双袜子就卷在一起了。他的衣服都放在他从家里带来的一只小箱子里，为了怕生虫子，他还在那小箱子里放了一块蜜蜂牌香皂，这样一来，他的衣服就总是很好闻，这就让他有了比别人特殊的地方，李跃进是什么样的人呢？是那种不太引人注意但又让人喜欢的一路。他多多少少有些孤僻，但好像又恰到好处，下小雨的时候他喜欢一个人去学校外散步，这时候其他住校生就可以看到李跃进一个人从楼下那条路慢慢出去了，夹着一本什么书，再随着他看，眼看着他走出校门了。小雨让学校里的一切一切的颜色都加深了，因为雨是小雨，所以种在校门口花坛里的花可以照样全心全意地开着，人们不知道李跃进出去做什么，是到湖边，还是钻到林子里了？住校生们还会注意是不是有女生也会跟着出去，却没有。但过不了一会儿，却见李宝强也出去了。这两个家伙，总是形影不离的。这种天气里，女学生总是比男生多一些打算，下着雨出去，回来还要洗鞋子。总之，那天住校生看到李跃进和李宝强从林子里采回了一个很大很大的蘑菇。故事便从这里开始。

李跃进他们的宿舍是一栋三层的老木楼。他们住在最上边的一层。学校考虑到男生和女生住在一起不好，怕出问题，便让男生住在东边，女生住在西边。到了夏天，分明也有一些好处，那就是男生可以只穿一条前边鼓鼓的三角裤在这边走来走去，女生呢，也可以只穿着同样鼓鼓的乳罩到她们那边的水房去洗洗衣服。但这样一来呢，还是有了暗示的味道。这暗示其实就是一种提醒，提醒什么呢？还能提醒什么。

我们前边说过，下雨其实是对住校生的一种软禁，尤其是那种连绵小雨，平心静气不停不歇，让人没有来由地伤感。但只有这种小雨，才会让学校外的树林子里长出蘑菇来。学校里，总是小雨一停，食堂里的人就去树林里去采蘑菇，又总是那个山东老王，用一个搪瓷盆子，总会浑身湿漉漉地端回来一盆白白黑黑的蘑菇。蘑菇刚刚从泥土里顶出来的时候是饱满的，有力的，充满了欲望的样子，一旦干缩掉，首先是体积就一下子小了不知有多少,样子便垂头丧气了。这就让蘑菇本身有了一种暗示性,暗示什么呢?

这天下午,李跃进和李宝强从树林里采回的蘑菇在男生宿舍里引起了一阵骚动,那蘑菇也太大了,有些太像什么。粗粗的,壮壮的,还有大大的尚未来得及打开的蘑菇顶子,这就让它像了某种东西。像什么呢,像所有男生身上必备的一种配件。之后呢?顺下去,又发生了什么事情?

那时候,风气和现在还很不一样,人们的生活和工作都很认真,认真这种事,过了头便接近刻板。但有时候,刻板只是一种表面现象,人们内心的汹涌波澜被表面的刻板拘束住了,便像是河道里的水越聚越多,越聚越多的结果往往是破堤。说这些话有什么意思呢?意思是有的。意思一般是随着故事的发展而慢慢滋生出来的。如果那枚蘑菇做了一碗汤或被放到菜锅里,那么故事就会一下子结束了。问题是人们发现那枚李跃进采回来的蘑菇后来出现在它不该出现的地方。蘑菇应该出现在什么地方?这还真让人不好说。但一般来说蘑菇应该出现在菜肴里,或者是菜市场里,但它就是不应该出现在女生宿舍的门上。那女生宿舍的门上原是有一枚小钉子的,是用来挂轮流值日的卫生牌的,不知是谁,悄悄地把那枚发人深省的蘑菇钉在了那枚钉子上。蘑菇有多少种？也是不好说的,但许多的蘑菇在通常情况下都像是一把把可爱的小雨伞,让童话里的青蛙王子躲在下边弹琴。

这枚被钉在女生宿舍门上的蘑菇像什么？问题就出在它太像了男生身上最隐秘的轻易不肯拿出示人的物件。

先是,女生宿舍那边起了一阵小小的骚动,那个宿舍的女生都哭了。她们为什么哭？首先是她们觉得自己被侮辱了。好像是那枚蘑菇已经侵犯了她们的贞节。事态的严重性还在于,那天早上这个女生宿舍的女生都没去吃早饭,而且个个眼睛都红红的。接着,便有人报告学校了。学校的生活其实是单调的。一有什么事情便会被马上传遍全校。到了这天中午,学校上上下下都知道女生宿舍发生了一件流氓事件。又瘦又干的校长黄小满亲自去女生宿舍那边视察了那枚插在门上的大号蘑菇,神情马上严肃起来。一枚蘑菇要想干掉还不是一件马上可以办到的事。只是经过了一个夜晚和一个上午,那枚蘑菇稍稍蔫了一点,颜色也加深了那么一点。这么一来,那蘑菇无论从色泽到状态就更刺激人的感官了。又瘦又干的校长黄小满的脸色马上就变了,他是有气喘的毛病的,一急就气喘。在这个阴冷的天气里,住校生们看着黄校长气喘的样子,这就给人更加重了事件严重的印象。

　　调查是先从男生那边开始的,调查的方法也就是一个一个地把男生找来单独谈话,是半秘密性质的、严肃的,谈话的地点就在黄校长的办公室里。天阴着,下着好像永远也不会停止的小雨。黄校长艰难地喘着,这事件加重了他的哮喘,这该怨谁呢? 被找去谈话的男生都忽然觉得有些对不住这个气喘得如此厉害的黄校长,而又觉得什么地方有些滑稽,无论什么事,只要是一过了头,滑稽的味道便会渐渐在心里弥漫开。男住校生们一个一个都被叫去谈了话,事情便变得明朗了。然后是教员们开会,做决定。然后是召开全校大会。在那个年代,做什么事都要开会,而且人人都要到场,学校的会堂就在食堂的南端,会堂是椭圆形的,椭圆形的那面全部是窗子,这就让人知道这个学校原来是教堂。椭圆形的那面的窗上原来都是进口的彩色玻璃,当年,阳光穿过彩色玻璃照在圣坛上想必十分好看,但现在已经没了彩色玻璃。从这里看出去可以看楼下边的菜地和对面的楼房。因为下雨,外面是一片迷蒙,因为迷蒙,外面的一切都好像是不太真实的样子,这都是雨造成的,雨下得不大,好像有,又好像没有,像是雾,却又不是雾。这种小雨,你打伞也可以,不打伞也可以。就是在这样的天气里,所有的男生都给叫到会堂里去。李跃进当然不可能不去开会。只不过李跃进在走进会堂的那一刹那发现所有的目光都一下子扫射到了自己身上。

李跃进性格是内向的,激动起来会哒哒地把话说得很快,但有时候呢,却忽然变得不会说话。会堂里那么多的人,校长和教员们都坐在那里,那么多的目光子弹扫射一样忽然都朝他扫射过来,目光像什么?有时候又太像是刀片!会把一个人的骄傲和勇气全部凌迟掉。李跃进一进来,就感觉到不对头了,他手里还拿着那本屠格涅夫的小说,他心跳着,看了看四周,找到了李宝强。找到了李宝强,他的心里就安定了一些。他过去,在李宝强身边坐下,人坐了下来,手就好像一下子没了地方放,李跃进便把手放在了桌上,无论在什么场合,李跃进都是要和李宝强坐在一起的,比如上课、开会、看电影、到食堂吃饭。这天,他像往常一样坐在了李宝强的旁边。他旁边的李宝强感觉到李跃进坐了过来,但李宝强身子却一动不动,脸也不动,直直地看着主席台那边,只是李宝强的上嘴唇凸出了一下,怪怪地、声音很低很低地说了句:"你要沉住气。"这么一来,李跃进的心就更跳得厉害了,他侧过脸看了一下李宝强,李宝强却不看他,依然直盯盯地看着主席台那边。李跃进好像明白有什么事要发生了,只是他料想不到事情会那么严重,事情会一下子落到自己头上。李宝强呢,也料想不到事情会那么严重,他不是那种心眼很坏的人。只不过人急了,有时候就会一下子变得违心了,为了保护自己。这原是动物性的,人毕竟还是动物。校长找他谈话以及他提供了什么线索是保密的,但保密只能是对别人而言,李宝强自己心里明白自己都做了什么。

外边下着雨,忽然大了起来,从西边横扫过来,打得玻璃窗啪啪响。雨水从玻璃窗窗缝上汹涌而入很快在木地板上汪了一片,汪到了男生们的脚下,关于这一点,那些男生都浑然不觉,因为黄校长又喘了起来,不断地喘着气,声调很低地宣布了一项决定,那就是开除李跃进的学籍。在黄校长宣布决定的时候,几乎是所有的人又都把目光放在了李跃进的身上。由于外边的雨,会堂里的光线是暗淡的,暗淡到了朦胧,所以在那一刹那,李跃进给人们的印象是脸那么白,惨白的一块。

后来,男生们都站了起来,朝外走了,因为会开完了,校长和教务处主任,还有李跃进他们的班主任,都已经朝外走了。都走到雨里去。从会堂下边那个小门,那里原来是传教士们穿着黑色的衣服弯着腰低着头出出入入的地方,是个圆形的门洞。可能是嫌这个圆形的门洞太大太高,现在呢,已经又给学校用红砖砌小了,砌成了小小的方门。人们到食堂去吃饭,为了抄近路就走这个门。门上安了钢丝弹簧的门弓,一开一关都会发出很大的声音,尤其是晚上,要是有人从这里出入,整个楼好像都能听到那巨大的响声。如果谁一手拿了竹壳子暖瓶,一手拿了两个一套的搪瓷饭碗进食堂,那就要用脚来开那扇小门,用脚把门猛地往里一蹬,趁门还没关上的时候要把身子一下子跳进门里,还要再把身子一欠一缩,免得被夹住,门便在身后关上了,砰的一声。如果是上了年纪的教员要进这个门,那必定是先把竹壳子暖瓶慢慢放在地上,去开了门,用脚把门努力支着,再把暖瓶拿起来,慢慢放进去,然后再用手把门开着,人才跟着过去,之后呢,照例是砰的一声。

人们都走出了会堂,这时候,会堂里的光线就更暗了,只有李跃进一个人。如果这时候有人在主席台上往他这面看,就会看到一张惨白的、好像很不真实的脸。李跃进就那么坐着,好像不会往起站了,亦不会动了,那雨声本来是沙沙的,很微弱的,这会儿好像猛地下大了起来。偌大一个会堂一点点暗下来,李跃进和那黑暗融成一体了。后来,他趴在桌子上,一动不动,但他的耳朵却是活跃的,捕捉着一切可以捕捉到的声音,他觉得李宝强就要来了,会轻轻地推开会堂的门,悄悄地来到他的身后，会像往常那样把自己从后勒住，会给他带来一些吃的，会陪着他走出校门去湖边说说话，会安慰他。但周围是静的，一点声音都没有，夜是越来越深。突然，有一只耗子在这空寂的教堂里跑了起来，从这头跑到那头，又从那头跑到这头，李跃进一下子清醒了，坐了起来，他已经流了满脸的泪水。他是面朝主席台那边坐着的，如果面朝窗子那边，他可以看到那狭长的巴洛克风格的教堂窗子上白白的天光，还可以看到天边那一闪一闪的紫色闪电。

这简直就不是一个故事，雨天、蘑菇，还有一个因为蘑菇被插在女宿舍门上从而被开除的男生，当然不应该是这个男生，而应该是另外一个男生，那就是李宝强，只不过这个李宝强在故事发生到一半的时候及时抽出了身子。这样的一个故事还有什么看头？这个故事再发展，就是雨到了第二天还没有停下来，天色却更加灰暗了，而那个李跃进却不见了。和他一个宿舍的男生发现李跃进那一晚上根本就没有回宿舍，第二天也没有回来。第二天，黄校长气喘得更加厉害了，他捂着胸口，喘着，在办公室里来回地走，派人出去找。住校生们都穿着在那个时代流行的、土黄色的橡胶雨衣，或打着红纸油伞，就这种红纸油伞，再小的雨丝落在上边都会马上产生一种夸张的效果，声音是嘭嘭的。住校生们穿过小树林的时候发现林子里到处长满了蘑菇,这里,那里,数也数不清的蘑菇,怒气冲冲地从地皮下边顶出来,充满了说不清的欲望。

住校生们在湖边发现了一本书,是屠格涅夫的小说,被雨水泡得涨涨的,像一只船儿搁浅了,书页在湖边的浅水里无望地飘动着。

雨还没有停,而且天色阴晦得更加厉害了,灰黑灰黑的,天边偶尔有紫色的闪电出现。

发　愁

　　怎么说呢,这天天气又很冷,她是十点半才到的废物家,她总这么称呼废物。她觉得自己不能晚上再不回,她还觉得自己对自己犯的错误实在是太大了,所以她这几天尽量不和废物说话,但她不知道那件事究竟是不是和废物做的,这只怪自己不停地喝酒,这一次,她想一定要把酒给戒了,说什么也不能再喝了。进了屋,她把外衣脱了,这件衣服有点儿掉色了,袖口那地方都毛了,但不仔细看看不出来。她把衣服挂在一进门的地方,然后先去把南边屋的窗帘拉开,窗帘已经很脏,都看不出原来的颜色了。她从进屋就没和废物说话,但她知道废物正在洗脸,废物坐在那里,废物这一辈子都只能坐在那里,他站不起来。废物洗脸总是很慢,连刷牙也总是要用最慢的节奏进行,反正他的时间很多,多得都使不完。废物的脸上是刚打上去的香皂沫子，一张脸白乎乎的，只有嘴和眼窝那里是本来的颜色。她把南边屋的窗帘拉开，然后又去拉通向阳台那间屋的窗帘，通向阳台的那间屋就是废物的屋，她走过废物的身边时还是不说话。她发现放在阳台上的天竺葵的叶子冻伤了，天实在是太冷了。废物这时候开始说话了，说昨天自己又拉不出屎。她没搭茬儿，返身径直去了厨房。她把冰箱门拉开看了一下便马上决定中午吃什么了，冰箱里有许多乱糟糟的东西，半个馒头，半袋榨菜，几大片紫菜，紫菜让她想起会计的复写纸，还有吃剩下的酱——有两只蟑螂在冰箱上爬得很快，一下就不见了。冰箱里还有半碗剩菜，是废物昨天吃剩下的，白菜粉条和肉，废物吃剩下的当然还要给废物吃，菜里有肉，就更不能浪费。另外，她想今天中午再炒一个鸡蛋，她这几天特别想吃鸡蛋。然后再做一个米饭，吃饭的时候再来点儿泡菜，那泡菜是她做的，是萝卜和辣椒，又酸又辣，腌了整整一坛。她洗了米，把米下到放在厅里的电饭锅里，然后开始打鸡蛋，她从冰箱里取了五个鸡蛋，鸡蛋都挺凉的。

这时候那只猫又开始在外边叫，这只猫的叫声十分细，像是在小声哀求谁，所以特别让人可怜，她停了一下，想知道这只猫到底是在什么地方，听声音像是在二楼，是不是二楼那老两口养的猫？她心里想。她又打了几下，鸡蛋已经起了泡，她又停下，她忽然很想知道这是一只什么样的猫。然后她就把门打开了，外边很冷，她探出头咪咪叫了几声，那只猫果然很快就在楼梯上出现了。这是只不太大的猫，毛色还挺好看，爪子上有两三块黑不黑灰不灰的花儿，脑门儿上有一块，尾巴那地方上有一块，后背上还有一块，可以想象它的父亲大概是什么样，它的母亲大概又是什么样。这只猫朝她试探着从楼梯上慢慢走下来，快走到她跟前时却又一下子跳开，她咪咪又叫了几声，那只猫还是不敢相信她。她忽然想到了废物昨天那半碗剩菜里的那几片肉，她挑了一片扔给它，猫很快把这片肉吃了，看样子它实在是饿了，吃完这片肉，小猫抬头看着她，看样子还想吃，她就又给它从废物碗里挑了一片，她咪咪叫要小猫进来，这只猫身子有些发抖，但还是进到屋里来，她吃了一惊，她发现这是只怀了孕的母猫，肚子很大，好像马上就要生了。她站直了，像是想起了什么，摸了摸自己的肚子，叹了口气，回过头看看废物那边，要在平时，她就会对废物说说这只猫，但她现在不想那么做了，她蹲下来，把手伸给这只小母猫，小母猫却一下子躲开，她想摸摸它的肚子，她甚至都觉得这只小母猫是想找一个地方把小猫生下来所以才那么喵喵不停地叫。它大概也不想把小猫生在外头，要是生在外头，那些小猫必死无疑。她又立起身，把废物碗里的肉片都拣给了这只小母猫。她还给它用筷子夹了一块炒鸡蛋，甚至她还希望它吃一点米饭，就又往地上夹了一筷子白花花的米饭。这时候废物已经洗完了脸，拄着他的拐到了厨房，因为他不方便坐到椅子上，他总是坐在厨房里吃饭。厨房的那一溜漆了黄漆的台子正好能让他靠着。他对她说："水快开了。"她说："还没响！"她的心思这会儿在小母猫的身上，小母猫对米饭和鸡蛋不感兴趣，但除此家里没什么可吃的，既然没别的可吃，小母猫也别无选取择，小母猫还是把那一小块鸡蛋叼在了嘴里，它可能是实在不喜欢鸡蛋的味道，它只吃了一点点，然后突然对着她又叫了起来。她坐起了身，站起来，开始穿衣服。"水要开了，你干什么去？"废物对她说。她没说自己要干什么去，只说："还没响呢。"她已经出了门，听见那铁门在自己身后砰地一响。临出门的时候她忽然把放在厅里餐桌上的酒瓶拿起来喝了一口，这一口很大，她现在喝酒一喝就是一大口，她想喝这么一口酒，出去就不会太冷了。她现在喝酒的时候总是在给自己找理由。她觉得自己有理由可以喝一口，因为自己正吃着饭，身上都出了汗，自己是吃了一半饭，然后要出去给这只快生小猫的小母猫买点儿吃的，问题是这只小母猫快生了，所以自己可以喝一点。出门的时候她已经想好了，就买一元钱三根的那种最便宜的火腿肠。小超市就在院子对面，中间只隔一条一年四季总是泛着潮气的小街。因为天气冷，外边的冰都冻得很坚实。从家里去一趟小超市用不了多长时间，她从外边再次进来的时候第一件事就是拿起餐桌上的白酒喝了一大口，她给自己找了理由，天这么冷，既然自己是去给小母猫买东西，不妨就再喝一口。她惹上酒瘾是她没了工作那年的事，心情特别不好，再加上自己的男人跟人跑了，她的心情就更坏，后来她就找到了酒，发现酒可以给自己快乐，人们都说这不能怨她，她在纺织厂一干就是十多年，忽然一下子就没事做了，要是有事做，她肯定不会喝酒。

她给那只可怜的小母猫先吃了一根火腿肠，她把火腿肠用手掰成一截一截的，小母猫被火腿肠弄得一下子就兴奋起来，一边吃一边叫，这一截还没咽下去就又把另一截叼住，她对小母猫说："慢点，慢点，没人跟你抢。"一会儿，她又给小母猫弄了半根，她在心里还想，冰箱里的那一根半就留给它明天吃，其实这时候她已经打定主意了。她给小母猫找了个塑料碗，在里边倒了一些水，她看着小母猫喝。废物这时也已经吃完了饭，也正在咕噜咕噜地喝水，废物吃饭喝水都会故意弄出很大的响声。

"快生了。"她忽然对废物说。

废物说:"跟你说,水都开了老半天了。"

"知道了!"她说。

灌完了水,她去了阳台,小母猫也跟着她去了阳台,她把两盆天竺葵从阳台上搬了进来。天竺葵在阳台上长了一夏天一秋天,一夏天一秋天就那么互相挤挤挨挨着,一旦搬动枝干就都一下子掉了下来,她找了一下,想找些能够把天竺葵支起来的东西,但家里什么也没有,有一根棍子,是用来往开捅窗户的,到最后她只能把天竺葵剪了一下,她把掉在那里立不起来的天竺葵用剪子剪了,剪成了一截又一截,然后就势插在了原来的盆子里,她知道天竺葵这种东西很好活。废物这时在厨房里说话了:"你瞎弄什么?"她原来不想跟废物说话,但她还是说了。"这是谁家的猫?"她问。废物说:"那谁知道?"她的心思现在都在这只小母猫的身上,这时小母猫已经敢在她周围走来走去,她想让小母猫在厅里餐桌旁边的一张椅子上歇一下,她拍拍那张椅子,椅子上有她平时做事的围裙,它卧在上边肯定会觉得软和些。后来她去了朝南的那间屋,又拍拍紧靠大立柜的那把高靠背椅子,这把椅子现在从来都没人坐,以前废物的母亲活着的时候就总爱坐在这把椅子上看电视,看着看着就会把头一歪睡过去,但要是让她离开这把椅子上床去睡,她马上就会睡意全消。废物上不去这把椅子,他总是坐在一把更小的凳子上,身子靠着这把高背椅子看电视。收拾完天竺葵她去洗碗,这时废物去了他的屋子,废物白天从来都不看电视,白天睡觉的时候也不上床,就那么坐在一张小凳子上睡,上身靠在床上,因为他的腿伸不开,所以样子很难看,猛一看,像是被谁从腰那地方劈开了,上身搁在床上,下身还在凳子上,怪吓人的,没看过他这怪样子的人会被吓一跳。要是在以前,她会对他说:"要睡就好好上去睡。"还有几次,喝了酒,她一下子就把他给抱了起来,一下子就把他给抱到了床上。"好家伙,你喝了这么多!"废物会笑着说。但现在她不能让自己再那么做,因为喝酒,她一直在心里想自己是不是和他做过那事? 因为这种想法她就很生自己的气,问题他是个废物,和这种人做那种事说出去都丢人。

收拾完厨房,她在南边的屋里躺了一下,床上的蓝色床单又薄又滑,只要人一躺上去就马上卷成一大堆。这时候那只小母猫跳上了窗前的一把椅子开始给自己清理,先是爪子,左爪,右爪,然后是尾巴,它在尾巴上花的工夫特别多,好像它特别珍爱自己的尾巴。她躺在床上一动不动地看这只小母猫清理自己，自己连一点点睡意都没有，她甚至想这是不是东边粮店的小母猫，粮店现在不卖粮了，开成了饭店，饭店里的老鼠比粮店少多了，粮店的猫也都失业了，她有时候能看到粮店的那只大黄猫蹲在墙头上，那只猫可真大，像是猫里边的领袖。这只小母猫可就小多了，但这只小母猫的肚子可真大，也许它今天晚上就要生了。她忽然开始摸自己的肚子，从这边摸到那边，像是在摸别人的肚子，她想这只小母猫到时候能生几只？是否它早就弄好了窝？她打定了主意，她站起来把窗子打开一条可以让这只小母猫钻出去的缝，她在心里对自己说，想走就让它走，要是它不走就让它待在屋里，也许它晚上就要生了。她侧着身子看小母猫，小母猫没有走的意思，反而把身子蜷了起来。她把窗子又关了起来。

　　要在平时，天气这么冷的晚上她就不会走了，但她还是决定走。她是下午五点半走的，她给废物把晚上的饭弄好了，她走的时候，围脖已经围好了。废物这时候在屋里大声说："把猫弄走！"她在外边对废物说："人要有点儿同情心，它快生了。"废物又在屋里大声说，说他担心晚上猫叫得他睡不好。她说："你怎么知道它会叫？"她这么说话的时候那只小母猫蜷得更像一个小毛团，就在窗前的那把椅子上。她又说了一句：
"它快生了。"废物说："它会拉一家屎！"她说："它就是一头大
象也拉不了一家！"临出门的时候她犹豫了一下，但还是拿起
白酒大喝了一口。她对自己说既然外边那么冷！

"你又喝了？"废物在屋里说。

废物这么一说她就又喝了一口："我是喝我自己的。"

出门的时候，她对废物说："它再叫你也不要开门，到时候
从外边闯进个人你可受不了！"她说这话可是真的，她很担心
废物会开门，到时候也许真要闯进个坏人就糟了。废物在屋里
说："你看吧，你看吧！"废物说话的时候她又拿起酒瓶喝了一
口，又一口，她觉得自己好像是一下子就又高兴了起来。

"告诉你，别放它走，它要生了！"她又对废物说。

"你看吧，你看吧，你看吧！"废物说。

"你什么意思？"她说。

"你别走了，天这么冷。"废物说。

她还是走了，也许那只小母猫今天晚上就要生了。她一边
走一边想。

开门的时候她就想听到猫叫，但她没听到，晚上酒醒的时

候她想也许小母猫这会儿已经把屎拉在家里了,餐桌上、床上,或者是窗台上,或者就是尿,把尿直接溺在椅垫上,那个垫子上的图案像是绣上去的,但细看不是那么回事。她从外边进来的时候废物正在哗啦哗啦地洗脸,洗脸刷牙是废物每天最大的事,然后就是拉屎,废物特别珍爱自己的拉屎,这么说一点都不为过,废物还特别爱在吃饭的时候说起他拉屎的事,她要是对废物说:"想说到一边说去!"废物总会嘻嘻一笑说:"这是我的家你让我到什么地方去说?"进了屋,她就感觉到那只小母猫肯定是不在了,但她还是找了找,虽然明白自己根本就不用找,那小母猫肯定给废物放了。她看了一下南边屋子的床上,床单上有很多小母猫的毛,她心想这只小母猫可能真要下了,她知道猫下小猫的时候会从自己身上往下叼毛,会把叼下来的毛都塞到窝里去,它要是不叼毛小猫的窝里就不会又暖又软。床单上除了毛还有一片尿渍,有饭碗那么大面积,尿渍那地方的颜色要比别的地方深许多,就像是在蓝色的床单上打了一个黑色的补丁,她又找了找猫屎,但没有找到,她用小扫帚把床单上的猫毛都扫了,然后才去了厨房,她已经想好了,今天煮一些小米粥,炒一碟黄豆芽,冰箱里还有一根蒜肠,再熘四个馒头。她一边做着手里的事一边还是忍不住问了一声废物:

"猫呢？"

"放了——"

废物把声音拉很长，说猫在屋里叫得我一晚上睡不着。

她问："是什么时候放的？"

废物说："刚才，刚才放的。"

她想要是让自己不发火最好就来一口，她找到了这个理由，这个理由让她去了厅里，她拿起那个白酒瓶子就往嘴里灌了一大口，她忽然觉得不是那只小母猫很可怜而是自己可怜，她摸摸自己的肚子，那只小母猫的肚子都那么大了，也许它现在真的已经把小猫都生在外边了，这都怨废物，她觉得自己为了一只猫和废物生气也划不来，为了不让自己跟废物生气，她又找到了理由，她就又大喝了一口。然后才继续去厨房做事。做事的时候她很想听到猫叫。但除了油烟机的声音没一点点别的声音。

这时候废物又在屋里说话了："它早上又过来了，在外边抓门。"

"那你说是刚才放的？"她忽然觉得自己真应该生气了，大声说。

废物在屋里笑了起来，说自己说漏嘴了。

"你怎么没有一点点同情心!"她大声地对废物说。

"到时候把家里弄得又乱又脏!"废物也大声说。

"知道不知道它要生了。"她说。

"你又喝了。"废物说。

她觉得自己不能生气,千万不能生气,为一只小猫生气划不来。为了这个理由她忽然又去了厅里,又拿起那个白酒瓶子。白酒瓶子里的酒不多了,她想喝完这瓶不能再买了,倒不是钱的事,这种北京二锅头一瓶才七元,是自己不能再喝了。

只要一喝了酒,她的心情就会变得好起来,这时候她听见废物又在屋里说话,废物说那只小母猫刚才还在南边的护窗上走了一圈想让我放它进来。

"那你就应该让它进来。"她说。

"那不行。"废物的口气很果断说,"到时候又脏又乱!"

"它要生了!"她说。

"生一家小猫就更乱。"废物说。

"怎么能生一家!"她说,她忽然有出去看看的冲动,她放下了手里的活儿,她已经把衣服穿上了,把围脖围上了,废物在屋里说:"水马上要开了。"

她说:"谁告诉你水要开了?"

"反正水要开了。"废物说。

"它要生了。"她说。

"你就瞎喝吧!"废物笑着说。

她已经拉开了门,但又停了下来,她觉得自己有理由再喝一口,既然外边那么冷。她把酒瓶拿了起来,这一次她喝了很大一口,她对自己说只一口,不能多喝,所以她只喝了一口,但这一口特别大,大到要分两次才能咽下去。外边很冷,她先朝楼梯那边看了看。因为是冬天,楼梯上总是落满了灰尘,楼梯扶手上也是灰尘。她小声喊了一声,她觉得那只小母猫也许就在楼上。但她听不到小母猫的叫声。她从走廊里出去,院子里背阴的地方都是冰,还有扫在墙根一堆一堆的雪,雪都很脏,黑乎乎的。她在院子里走了一圈,院子里没多少人,天一冷就没人待在院子里说话,要在往常,总是有人在那里说话,一边说话一边有什么做什么。她看见那个叫周贵的清洁工拉了一车垃圾从那边走过来,她和周贵说了说猫的事,但她马上就不再说了,她不知道这时候那只小母猫会在什么地方,它要是生小母猫会去什么地方,她也不知道那只小母猫要是想喝水该怎么办,会不会去用舌头舔冰。她对周贵说那只小母猫就要生了,肚子那么大!周贵突然大笑了起来,说那是只公猫,前几天还在他家。她说公猫肚子会那么大！周贵说自己不会连公母都会分不清。

"告诉你，那是只公猫！"周贵说。

"不会吧？"她说，"肚子那么大？"

"那是只公猫！"周贵又说。

"肚子那么大？"她又说。

"信不信由你！"周贵说。

从外边回来，她伤心地坐在了厅里的餐桌边，她打消了直接拿起酒瓶喝的念头，她坐下来，给自己倒了一杯，这次她想要用酒杯喝剩下的那些酒，她把酒瓶里的酒倒在了杯子里，她忽然很伤心。因为伤心，她找到了大喝一口的理由，她就端起杯子大喝了一口，她摸摸自己的肚子，她又找到了大喝一口的第二个理由，就又大喝了一口。她一只手拿着杯子，一只手摸着自己的肚子，她对自己说，要是自己像那只猫就好了，肚子虽然那么大却是只公猫。这么一想，她就又给自己找到了第三个大喝一口的理由。这一次，和往常不一样的是，把瓶子里的酒都喝干以后她还是没有快乐起来。

她现在不再想听那只猫叫了，她自己学了一声猫叫。

"你疯了。"废物在屋里笑着说。

"我要是那只猫就好了。"她对屋里的废物说,"你知道什么,你是个废物!"

"你骂人!"废物说你又喝多了。

"你一辈子也不会知道!因为你是废物!"

她从椅子上站了起来,她觉得自己有必要再去买一瓶,她已经找到了理由,谁让那只猫是只公猫!它肚子虽然那么大,却是只公猫!她又穿好了衣服围好了围脖,临出门,她看了一下那个酒瓶,酒瓶已经空了,她把门拉开,脚还没有迈出去,却听到了那只猫在叫,是在二楼,她把身子探出去,那只肚子很大的猫马上就从二楼叫着跑了下来。

屋里的废物突然听见她在门口大声对那只猫说:

"怎么回事!你到底是怎么回事!"

劳动妇女王桂花

一

　　怎么说呢,桂花难受了两天才敢把自己的事情告诉给建国,她怎么个难受?不仅是下边难受,奇痒,而且痛,说痛又不对,是奇痒。她把下边洗了又洗,她还害羞地把手指头伸进里边去,但她明白,那条该死的蚂蟥已经在里边住下了。晚上,她睡觉的时候采取了十分难看的姿势——那就是在睡觉的时候把内裤脱了,尽量把两条腿叉得大一些,她希望那条蚂蟥会自动爬出来,她的脑子,现在时时刻刻都集中在自己身体的那个地方,她能感觉到那蚂蟥在里边的一举一动,只要里边的那条蚂蟥一动,"啊呀,啊呀",她的身子马上就会跟着难受地拱起来,那蚂蟥可要比建国厉害得多,弄得桂花像被电击一样,人躺在床上,腰朝上拱,拱啊拱啊,样子难看死了。桂花忍了两天,两天没出去挣工分,像她现在这个样子也没法子出去,到了现在,挣工分倒是小事了,那条钻到她身体内部的蚂蟥,让她说什么都受不了啦,她要建国回来,马上从水利工地上回来,她到队上给建国打了电话。

"出了啥事?"建国在电话里问。

"我再也不下那块稻田了。"桂花说。

"稻田怎么啦?"建国说是不是碰上水蛇了。

桂花说你就不用问了,你赶快回来吧,都两天啦,我受不了啦。

"工地上可忙呢。"建国说。

"你是忙,你又不是难受。"桂花说。

"好好好。"建国答应了。

二

建国是中午回来的,这几天工地上特别忙,建国人晒得特别黑。回来先吃饭,过水小米子捞饭,用甜菜叶子拌了一大块长豆腐,里边搁了好多大蒜。吃饭的时候因为有公公在跟前,桂花没敢把叫建国回来的原因对建国说,尽管建国一边吃饭一边连问了几次,问得桂花满脸通红。吃过饭,桂花马上把门关了起来,她怕公公听见这事,公公像是已经察觉出她这两天的动静,这让当公公的很不高兴,"什么骚样子!"公公在心想,用筷子狠狠地敲了几次碗边,以示自己的不满,更让公公不高兴的是,一吃过饭,桂花就把门关了起来。桂花顾不得那么多了。关好门后,她害羞地把下边的事告诉了刘建国,刘建国一屁股坐在床上,看着桂花却忍不住笑了起来,说那稻田的蚂蟥怎么这么流氓。它可找到个好地方了!桂花脸更红了,说建国你这时候怎么还开玩笑,我都快要难受死了。建国又笑了起来,说这是个舒服事啊,还会难受?那么多女人在稻田里蘸水秧子怎么蚂蟥就会偏偏钻你?是因为你是新媳妇还是因为你漂亮?建国这么说着,桂花却突然猛地把身子弯下去弯下去:

"啊呀!来了,来了,又来了。"

"疼还是怎么?"建国忙把桂花扶住。

"快快快!"桂花说。

"马上,马上",建国开始脱衣服,露出好看的腱子肉。

刘建国跟桂花上了床,这是大白天,村子里的习惯,没有大白天就关门关窗上床的。桂花的意思是,她要建国用他自己的物件把那条钻到自己下边的蚂蟥引出来,也许,那条蚂蟥会一下子叮住建国的物件,建国顺势就可以把它拉出来。桂花这么一说建国就又嘻嘻地笑了起来,说就是不知道里边是条母蚂蟥还是公蚂蟥,要是母蚂蟥一定不会有什么问题。

"不行了,不行了。"桂花说,"你快点办好不好。"

"好好好!"建国嘴上虽然这么说,但心里还是有点害怕。虽然建国小时候玩过蚂蟥,捉一条小蚂蟥在手指上让它爬行,但现在那不是手啊,那可是正经地方,男人的正经地方,谁能保证一下子不给叮坏。刘建国上了床,大白天的,他忽然有些不好意思,结婚以来,他还从没大白天做过这种事,建国马上就有感觉了,好家伙! 真有个东西,在里边一滑,马上就缩成了一个团儿,那不是蚂蟥又是什么?

刘建国被吓了一跳,不动了,看着桂花,小声地说:

"桂花桂花,我碰着它了。"

"我没说瞎话吧。"桂花说。

"没人说你说瞎话。"建国说。

"你怕不怕?"桂花说。

"你别说,我还真以为你是开玩笑。"刘建国又说。

"你说,别人要是这地方也爬进去一条蚂蟥会不会对其他人说?"桂花说。

"当然不会说。"建国说这地方的事怎么说,问题是这地方。

"也许不只我一个人给蚂蟥整了。"桂花说。

"有可能。"建国说那块稻田里蚂蟥实在是太多了,那不是块好稻田。

"你是不是怕了?"桂花说。

刘建国小声说自己还确实有点儿怕,但自己是个男人,既出了这种事,他希望这条蚂蟥马上来叮自己。"叮就叮吧,谁让我是你的男人,只有叮住了我才能把它给拖出来,虽然这该死的蚂蟥叮的不是个地方,虽然它钻的也不是个地方!"刘建国跪在那里,用自己身上最小的那一部分感觉着,但桂花的那里边,好一会儿没一点点动静,刘建国又让自己出来一点,这样一来,就可以给里边的蚂蟥腾一点空间,但里边的蚂蟥还是没动。"这家伙肯定是吃饱了也喝足了,不想再吃点什么。"刘建国俯下身子小声对桂花说:"也许这家伙已经睡着了,所以我要把它弄醒过来。"桂花同意了,小声地说:"它要是总在里边睡觉怎么行,你就弄醒它,把它鼓捣醒!"刘建国就撑起上身开始动,一开始动得很慢,他始终能感觉到里边的蚂蟥,是一个圆圆的球儿,动的时候,建国还调整了一下方向,让自己冲着那个球儿戳,而且用了力气,这么做显然是起到了一定的作用,建国感觉那个球儿忽然给戳长了,贴着自己的家伙一下子就拉长了,这可把建国吓了一跳,他赶紧把自己从桂花的身体里一下子抽出来,那条蚂蟥却没有给带出来,他再进去的时候,那蚂蟥又蜷成了一个球儿,他能感觉到那圆圆的球儿,他又调整了方向朝那个球儿用力猛戳,这一次,他是白努力,那个球儿没再拉成长条儿而建国已经把自己给彻底戳软了。

"建国,建国。"这时候建国的父亲在外边喊了。

"听见了。"建国在屋里答应着,忙穿衣服。

"你大白天鼓捣啥呢?"父亲在外边喊。

"不干啥,不干啥。"建国在屋里说。

"你出来。"父亲在外边说。

"好,好。"建国在屋里说。

"啊呀,来了,来了,又来了。"桂花这时候却突然又呻吟了起来,又猛地把身子拱起来,拱起来。

"还不到工地上去,小心队里把你开除了,多少人想去还去不了呢!"刘建国的父亲又在外边大声说了,很生气地说,"工分是一年只算一次,工地上拿的可是活钱,你知道不知道什么是活钱？你知道不知道村子里只有几个人去工地？"

"知道。"建国在屋里小声说，"那还不是靠我舅舅。"

"那你就赶快回去。"建国的父亲在外边说，"一个男人家别那么贪媳妇，那还不是你的？你贪什么贪？有工夫再贪！该贪不贪，不该贪乱贪！"

<h1 style="text-align:center">三</h1>

建国从屋里出来了，他已经穿好了衣服，但他满脸都是汗，红通通的，看样子是使了大劲。建国父亲看看建国，更生气了，张嘴还想要说什么，他想用更难听的话教育一下子建国，实际上，他更想教育的是桂花，看她这几天那样子，看她那身子扭的，看她那身子一扭嘴就一动一动的骚样子。但建国的父亲还没等把话说出来就吃惊得张大了嘴，因为建国已经用很低的声音把稻田里的蚂蟥钻到桂花下边的事说了出来。

"蚂蟥。"

"你说什么？"建国的父亲说。

"是蚂蟥。"建国又说。

"蚂蟥怎么啦？"建国的父亲说。

"您小点儿声,蚂蟥钻到桂花下边啦。"建国用更小的声音说。

"笨蛋!你怎么不早说!"建国的父亲吃了一惊。

"这事让我怎么说,这地方的事。"建国害羞地说。

建国的父亲张了张嘴,朝屋里望了望。这事还确实没法对人说,建国的父亲忽然笑了一下,他明白儿子一吃完饭就进屋是做什么去了,他也明白这种事确实也没法儿对人说。建国的父亲毕竟是父亲,吃过的、喝过的、听过的、做过的都比建国多。

"你弄出来啦?你没弄出来吧?这事你还不早对你爸说。"

"弄不出来咋办?"建国脸红红地说,"队里怎么让女人下稻田薅水稗子?"

建国的父亲想了想,他要建国把耳朵凑过来:"你赶快去买半斤猪肉。"

"买猪肉?"建国不明白父亲是什么意思。

"赶快去,半斤就行。"建国父亲小声地说。

"又不过年过节……"建国不知道父亲要做什么,村子里不过年不过节的吃肉可太稀罕了。

"你快去。"建国的父亲已经把钱掏了出来,要他赶快就去。

"买猪肉?"建国还是傻愣愣的。

"是啊。"建国的父亲说,"买回来你就知道了。"

"买肉做什么?"建国又傻愣愣地问了一句。

"你怎么还问,回来再告诉你。"建国的父亲说。

四

建国骑着车子出去了,外边的太阳白花花的,昨天才下过雨,地面这时候给太阳蒸得直冒热气,看什么都影影绰绰。建国的父亲不再说什么。他心里的气现在一点都没有了,他不但原谅桂花了,而且开始为桂花担心,桂花是个好媳妇,家里家外什么都好。要怪就怪那块稻田吧,那稻田里的蚂蟥可真多,那不是块好稻田,总给人们找麻烦。建国的父亲想起来了,那年,一头母牛就是给稻田里的蚂蟥叮疯了,叮得到处乱跑,那牛给蚂蟥叮得小产了,小牛产下来的时候已经死了,随着小牛出来的是十七八条大蚂蟥,还有许多的小蚂蟥,人们这才知道是蚂蚂蟥钻到那头母牛的那里边了。想到那头母牛,建国的父亲坐不住了,他不知道桂花有没有身孕,一个月,两个月,三个月,四个月,建国和桂花结婚四个多月了,要是有了身孕,那条蚂蟥,可了不得了! 建国的父亲就要叫出声了。

建国的父亲在屋里坐不住了,他在院子里转了一圈又一圈,惊得那几只鸡都上了墙头。他转出了院子,站在院子门口朝外看了看,不用看,他知道建国这时候回不来。建国的父亲顾不上这么多了,要是建国的母亲在家,他就可以让建国的母亲去问,但建国的母亲上个月去山东了,去山东侍候闺女的月子。建国的姐姐嫁到了山东,人们都说山东那边的人性厚道,麦子又多,建国父亲的计划是要慢慢想办法把户口全都迁到那边。建国的父亲待不住了,他又转回了院子,他不知道该怎么问,但他实在是忍不住了,他隔着窗子,咳嗽一声,又咳嗽一声:

"桂花,桂花,桂花。"

屋里答应了,声音很小,羞答答的一声:"爸。"

"你有了没?"建国的父亲说。

屋里声音更小了,又叫了声:"爸——"

"我问你有了没?"建国的父亲又问。

老半天,屋里又小声叫了声:"爸——"

建国的父亲不知道该怎么问了,大声说:"建国给你买肉去了。"

五

建国去了没多长时间就把肉买了回来,五花肉白是白红是红,这让桂花吃了一惊,她不知道建国的父亲是什么意思。想了想,也想不出个道理,又不是谁的生日,又没有什么稀罕客人,而且说是给自己买的。建国也不知道父亲要做什么。刚刚过了晌午,建国家的烟囱又重新冒出了笔直的炊烟。桂花忍着难受把那条五花肉在小案板上切成一小块一小块下了锅,花椒八角一一投进去,还有葱和蒜,炖肉的香气很快就四处飘散开,桂花炖肉的时候,建国瞅空子还睡了一觉。肉快炖好的时候,建国的父亲把院门关了,他要建国出来一下。建国还想再睡一会儿,他在工地上总是睡不够,再加上他刚才使了大劲儿,还又骑着车子出去了一趟,他觉得自己困得厉害。父亲叫他过去是为了知道一下桂花有没有怀孕,这很重要。

"桂花有了没?"建国的父亲用手指轻轻杵了一下建国的肚子。

"好像没。"建国说。

"什么叫好像没?"建国的父亲不高兴了。

"没。"建国说。

"到底怀上没?"建国的父亲想把那头牛的事给建国说说。

"没吧?"建国说,他忽然有点儿害羞。

"看看你。"建国的父亲说,"我是没辙了才问的,要是你妈在,还用我问?"建国的父亲说:"你上小学那年,村子里那头到处疯跑的母牛,你记得吗?"建国的父亲看着儿子。

"就那头黑母牛,到处疯跑。"

建国记起来了,有一次,那头母牛都跑到了村小学里,吓得教室里的孩子们都不敢出去。

"你记起来就好。"建国的父亲说,"你知道不知道那头母牛为什么到处疯跑?"

建国当然不会知道,就是知道也记不清了。

建国的父亲就一下子说到了蚂蟥,说那头母牛到处疯跑就是因为蚂蟥,是稻田里的蚂蟥钻到了母牛的那里边!因为蚂蟥钻到了母牛的那里边,那头母牛到后来才会早产。建国父亲说到那头母牛一生下小牛小牛就死了的时候,建国清醒了,睁大了眼,他没想到蚂蟥会这么厉害。再听到父亲说随那头小牛一起从母牛肚子里出来的有十多条大蚂蟥，还有很多小蚂蟥时，建国的眼睛睁得更大了，他给吓坏了，他从来都没听过这种事。刚才他还说自己知道那头母牛的事，可现在他清醒了，他想都想不到小牛、蚂蟥、早产、那头疯跑的母牛会搅在一起。建国蹲不住了，一下子跳了起来，他给吓得一点儿都不困了，他要进去问一问桂花怀上没怀上。现在问题严重了，可太严重了。建国进了屋，站到了灶台旁边。桂花从中午就一直没好意思再在公公面前露面，她是又羞又气，下边的蚂蟥是一阵一阵地动，弄得她是站也站不住，坐也坐不稳，她想那该死的蚂蟥一定是在她的下边又是吃又是喝，完全像是进了公家食堂！不但又是吃又是喝，而且还时不时地来回爬。这让她简直受不了，她打定了主意，如果再不行，她就马上回娘家，难看就难看吧，怎么说都是自己娘家，她要让她妈给她想想办法。她刚才，甚至都想找根长柄子小勺在下边猛掏一下子，她在碗橱里找了找，小勺柄子都太短，她想应该把小勺绑在一根筷子上，也许，掏一掏，就把那蚂蟥给掏出来了，那蚂蟥如果给掏出来，她一定要用剪子把它剪碎了！

建国进了屋，没头没脑地问桂花："你有了没？"

"什么有了没？"桂花说。

"这儿。"建国用手指轻轻杵了一下桂花的肚子。

"没!"桂花这才明白刚才建国父亲站在窗外的问话是什么意思了,她突然觉得十分委屈,那委屈是一下子汹涌而至。

"真没?"建国又问。

"有了!"桂花心里的委屈一下子变成了生气,她说自己不但有了,而且是快生了。

"都快半年了! 在树林子那一回我就有了,你才知道?"

"瞎说。"这一下子是建国急了,他蹲下身子,想把一只手放在桂花的肚子上,桂花打了他一下,把他的那只手给打开。

"坏了! 坏了!"建国说,脸色都变了。

建国的脸色吓了桂花一跳:"什么坏了?"

"那头母牛?"建国说。

"什么母牛?"桂花说。

"我小时候,那头母牛到处疯跑,就是因为蚂蟥钻到母牛的下边了。"建国把父亲刚才讲的事给桂花讲了一遍,"十多条大蚂蟥,还有小蚂蟥,肚子里的小牛一生下来就死了,那小牛让蚂蟥在母牛的肚子里吃得浑身都是洞,眼睛珠子都没了,牛鼻子牛耳朵都给吃没了。"建国把父亲讲的事适当夸大了一下,这回轮着桂花害怕了,她用手捂着肚子,她根本就没想过自己怀孕还是没怀孕,这会儿她就更不敢想自己到底怀上还是没怀上。桂花害怕了,加上下边的一阵一阵难受,桂花一下子哭了出来。但她又不敢放声哭,那样一来,邻居就会听到了,会以为这家人出了什么事。桂花又把哭忍回去,眼睛红红的。她掐着自己的手指算了算,上星期,再上个星期,一个多月了,她已经有一个多月没来过了。

"我一个多月没来月经了。"桂花说。

"什么意思。"建国说。

"我可能怀上了。"桂花说。

"你怀上了?"建国跳了起来。

"一个多月了。"桂花又说。

"这可坏了,这条蚂蟥咋办?肚子里的孩子咋办?"建国看着桂花。

桂花的眼泪又出来了,她想说什么,但她突然又把身子弯下去,弯下去。

"啊呀!来了,来了,说来又来了。"

"妈的!"建国说,"该死蚂蟥!"

"来了,来了,又来了。"桂花蹲在地上了。

"要不,我去接你妈?"建国忙也蹲下来,侧着脸看着桂花。

六

"建国你出来,出来。"建国父亲在外边喊了起来,屋里的话他都听到了。

建国的父亲把建国叫了出去,说:"你个臭小子,桂花怀上了你都不知道,这件事可不能再等了,再等下去也许真要出事了!"建国看着父亲说:"那有什么办法?去卫生所?""去什么卫生所!"建国的父亲说,"肉已经炖好了,香喷喷的趁热把那蚂蟥早诱出来就好。"建国有些纳闷,他不知道父亲在说什么。用肉诱蚂蟥,怎么个诱法?他看着他的父亲。建国的父亲让建国把耳朵凑过来,小声地把诱蚂蟥的民间法子告诉了他。建国一下子就拍着手笑了起来,他还从来都没听过这种事,原来炖猪肉是为了蚂蟥这事。建国看着父亲,好像一下子不认识他的父亲了,这也太好笑了,想想都好笑。待会儿桂花要光着下身蹲在那里,热腾腾的炖肉就要放在桂花的下边。

"你笑什么笑!"建国的父亲说,"老人留下的方子没错,你赶快去做吧,要趁热,凉了就没那么大的香气了。"

"真用炖肉?"建国说。

"对啦,那可不是给你吃的。"建国的父亲说。

"谁说的?"建国说我就不信,它一个当蚂蟥的还想喝酒呢。

"老年人说的没错,蚂蟥最喜欢炖肉的香气。"建国父亲说。

"真想不到要用炖肉。"建国又说。

"你以为我为什么让你买肉?"建国父亲说。

"妈的,我还吃不上呢。"建国又说。

"快去快去!再说桂花已经怀上了就更不能耽搁,那蚂蟥可是个活物,会到处爬,谁知道它一高兴会爬到什么地方,如果它从桂花眼睛里爬出来怎么办?"建国父亲说。

"不可能吧?"建国吓了一跳。

"快快快!"建国的父亲说肉既然已经炖好了,抓紧点儿时间。

为了让桂花放心,建国的父亲把草帽扣在头上忧心忡忡地出去了,出去也没往远了走,就蹲在家对过那棵老树下。他现在忽然有些恼恨建国的母亲,恼恨她不在家,去的是什么山东!她要是在家就好多了,女人对女人好办事。他又有些恼恨桂花,怎么偏偏在这时候怀了孕,更可恨的是那条稻田里的蚂蟥,不迟不早瞅空子就钻进去了,还真会找地方! 队里也不像话,怎么要妇女下稻田薅水稗子。那蚂蟥现在还不知道在桂花的那里边鼓捣什么呢。建国的父亲蹲不住了,他站了起来,左右望望,满地的大白太阳晃得他睁不开眼。他想去问问村里的老赤脚,怎么说人家也是个大夫,怎么说人家也经常给人们看病,也许他有更好的办法。

建国的父亲往南边去了,老赤脚住在南边。

"中午也不睡会儿?"有人从对面过来了。

"你咋不睡?"建国的父亲闷着头说。

"建国从工地上回来了?"这个人说。

"是回来了一下。"建国父亲闷着头说。

"回来干啥?"这个人说。

"谁知道!"建国父亲闷着头说。

是谁和自己说话呢? 建国父亲心里一怔,回过头,那人已经走到村巷北头了。建国的父亲忙又追了回去,建国的父亲看清那人了,正在朝北走,可那人不是老赤脚。

"都快急死我了!"建国父亲自己对自己说。

七

　　建国忍着笑把锅里热腾腾的炖肉都盛在了一个大碗里,把肉盛好,端进屋里,放在了床上,桂花还不知道公公让自己炖肉做什么。

　　"端过来做啥?"桂花说。

　　"想不到吧? 会用这么珍贵的炖肉给你治蚂蟥。"建国说。

　　"用炖肉?"桂花的脑子拎不清了,她纳闷地看着建国。

　　"我一年也吃不上两次。"建国说。

　　桂花说:"家里还有酒呢,陪你爸喝点儿。"

　　"快点儿,趁热,是给你治蚂蟥的。"建国说。

　　"唏——"桂花说,"怎么治?"

　　"把它哄出来让它吃肉。"建国说。

　　"唏——"桂花又一声唏,"还给它吃肉?!"

　　"你就快点儿吧,趁热。"建国说,"你要是再不动我拉你裤子啦。"

　　"拉裤子?"桂花更不清楚了。

　　"我可要拉裤子啦。"建国说,"把肉放在你那地方,它闻着香就出来了。"

桂花的脸一下子就大红了，她羞得不行了，也气得不行。

"唏——它是个什么东西！"桂花说。

"你快点。"站在一边的建国突然一拍手笑了起来。

"你笑什么？"桂花说。

"我上边都吃不到的东西倒要给你下边吃了！"建国说。

"不行！"桂花说她觉得真是对不起那碗炖肉，"那可是炖肉！"

"还不就是碗炖肉。"建国说。

"不行！"桂花说。

"要不，就拿一块好了，一块也是肉香，一碗也是肉香。"建国说。

"你说只用一块？"桂花说。

"你说对不对？一块也是肉香。"建国说。

"一块也不行，它是条蚂蟥，它以为它是谁！"桂花生气了，是真生气。

"你要急死我。"建国说。

"我的事情我自己来，你去睡觉，看你这几天黑成了个啥。"桂花说。

"你说我黑成了个啥？"建国说。

"谁知道你黑成个啥。"桂花说。

"啥东西不晒太阳照样黑?"建国还有心和桂花开玩笑。

"啥晒太阳不晒太阳的!"桂花说。

"想不到你怀上了,我靶子准。"建国说。

"来了,来了,又来了。"桂花突然又难受起来,那蚂蟥又在里边动了。

"还是我来吧。"建国已经把那块儿肉放在了自己的手上。

"不行,还想吃肉,它是条蚂蟥。"桂花是气得不得了。

"你说,放点农药行不行,往里边?"桂花突然说。

"不行不行,可不行。"建国说。

八

建国和桂花没了主意,天快黑的时候,桂花下边的那条蚂蟥又闹腾了一阵子,闹得桂花在床上一拱一拱的出了满身大汗。建国有什么办法呢? 他只能出去看了一回又一回,父亲不知去了什么地方,建国往南边走的时候碰见老赤脚。

"那还算个事。"老赤脚一看到建国就笑了起来,说,"你爸去稻田弄泥去了。"

"弄泥做什么?"建国说。

"你回吧,回去就知道了。"老赤脚说,"晚上我还要过去喝酒呢。"

天快黑的时候,建国父亲从外边回来了,吭哧吭哧地提着一桶从稻田里弄回来的稀泥。建国的父亲真是去那块稻田了,今年的稻子长得真好,真正是又壮又齐,天黑之后,田鸡在稻田里叫得一片沸扬。去稻田之前建国的父亲去老赤脚家坐了好一会儿,他把桂花的事对老赤脚说了,老赤脚对建国父亲说你别愁眉苦脸,不光是桂花,南边刘建春的媳妇这几天也让蚂蟥给折腾得够呛,腰都快要拱断了,所以说下稻田薅水稗子这种活儿根本就不能让妇女去,尤其是那块稻田。

"蚂蟥这家伙真流氓,就没听过钻男人的那地方。"老赤脚说。

建国的父亲就忍不住笑了一下,说:"真还没听说过。"

"你说蚂蟥钻女不钻男是不是个流氓?"老赤脚说。

"女人那地方和男人那地方能一样?你说怎么能一样?"建国父亲说。

老赤脚看着建国父亲直笑,说:"你说怎么就不一样?"

"女人那地方是肉香。"建国父亲小声地说。

"好家伙,还肉香!"老赤脚差点笑出声,"男人那地方呢?"

"妈的! 你信不信,要让男人光屁股下地,钻进去的肯定都是些屎壳郎。"建国父亲说。

老赤脚笑得要止不住了,说:"刘建春的女人,让蚂蟥给难受了两天,腰都快要拱断了,今天那条蚂蟥还不是让我给弄出来,那家伙可真是吃足了,比稻田里的蚂蟥一下子粗了两倍,用砖头砸出一地的血。"

"建春他女人怎么出来的?"建国父亲说,"桂花可是怀上了! 肚里怀上了!"

"是蚂蟥出来,可不是建春女人出来,你再急也要说清楚一点。"老赤脚说。

"桂花怀上了,我能不急。"建国父亲说,"你忘了那头母牛了,让蚂蟥把胎里的小牛都叮死了,一大堆蚂蟥都钻到牛的那地方了,在那地方大聚餐。"

"你不用急,蚂蟥也不想在那地方待,但蚂蟥这家伙会乱爬,如果爬到正经地方就得去医院开刀做手术。"老赤脚用一只手在自己的肚子上画来画去,"这地方,这地方,再往这儿,就到了子宫,蚂蟥很有可能会钻到子宫里边去。"

"那怎么办?"建国的父亲急了。

"你说蚂蟥在女人那里边爬来爬去找什么?"老赤脚说。

"找吃的,找喝的。"建国父亲说。

"蚂蟥又没有嘴,它吃什么吃,它只会吸。"老赤脚说,"蚂蟥在女人那里边爬来爬去是找那块稻田里的泥呢。"老赤脚又说:"老刘你也不用急,你现在就去那块稻田里弄一桶泥来,让桂花马上坐在泥上,不用一会儿工夫那蚂蟥就会出来,刘建春的女人就是我告诉她弄了一桶泥才把蚂蟥引出来的,要不是那桶泥,蚂蟥怎么会出来?"

"弄稻田里的泥?"建国父亲站了起来。

"我这是当兵的时候从云南学回来的。"老赤脚说,"云南的蚂蟥比咱们这边大,这么大,伸开有这么长,会爬树,还会和蛇打架。"

"稻田里的泥?"建国父亲说,"为什么偏偏要用稻田里的泥?"

"你说蚂蟥是从哪来的? 是从棉花地?"老赤脚说。

"对,稻田。"建国父亲明白了。

"你想想。"老赤脚说。

"对,我明白了。"建国父亲说,"我闻见稻田的泥都觉着香。"

老赤脚也站起来,说:"蚂蟥最熟悉的就是那块稻田里的泥了,它就是从那里来的,它一闻到稻田里的泥腥气就会出来。"

"你现在就去弄，我晚上可是要过去喝酒。"老赤脚说。

九

建国把父亲从稻田里弄回来的那桶稀泥倒在了一个木盆子里，把院门和家门都关好了，建国的父亲发现自己脚上叮了一条蚂蟥，是在稻田里弄泥的时候给叮上的，他用鞋底砰砰啪啪地把那只脚狠狠地敲打了一阵，然后出去了。

稻田里的泥弄回来了，桂花却不见了，桂花不在屋里，建国喊了几声，却听到了屋后茅厕里有了呻吟声。桂花在茅厕里，在地上打滚，桂花对建国说炖肉是过年才能吃到的好东西，怎么能给蚂蟥吃，她告诉建国说，她把农药倒到那里边去了，她要药死它，谁让它钻到那地方祸害人。

桂花在地上滚着，她觉得自己要难受死了，下边像有个火炉子在烧。

桂花就那么在地上滚来滚去。

卟的一声细响

　　北花转身离开刘继红的时候,刘继红又把中指对着北花猛地捅了一下。北花猛地在自己的肚子上狠狠地抓了一把,这一把抓得太用力了,她忍不住叫了起来。怎么说呢,人们都说刘继红是个有本事的人,但现在看来刘继红根本就不是个人,八户人家,加上北花,一共九户人家都把地给他开了砖场,乡里早就有规定不许农民烧砖,但县里要修老城墙,修城墙就得有砖,而且还必须是蓝砖,刘继红就把特批手续给弄下来了,刘继红跟九户人家都说好了,都是以土地入股,到年底分红,除了分红,这九户人家的劳力都还可以去砖场上班,上班就可以拿工资。刘继红看得很远,说县里的城墙一修好,砖场也就到头了,到时候,九户人家的地已经是个相当大的坑,索性到时候放水养鱼,办鱼塘要比种庄稼的收入高。当时还有人问刘继红,那么大个鱼塘怎么分谁是谁的,水上又不能打地埂。刘继红说现在养鱼都是用箱养,到时候在水上弄些浮漂就行了,刘继红还说养鱼赚钱没养螃蟹那么快,到时候就养螃蟹。这是三年前的事,三年的时间,人们才知道刘继红说的那些话离他们是越来越远,话一旦离人们太遥远便和谎话差不多。在砖窑上做事,工资三四个月才能算那么一回,或者是半年算一回,但总还算是欠不下,在砖场上做事的人们也知道砖场的砖要卖了才会有钱,但年底分红的事一过三年却从没有提过,这就不能不让人们着急。北花现在和她的大夏都在砖场上做事,北花的男人王紫气在村里的小学当老师,王紫气为人太老实,人们都说他太不像个乡下人,比城里人都爱面子。所以,家里的事都是北花一个人管,王紫气每月的工资不高,只有八百多元钱,每次发工资,王紫气只给自己留二十元,说口袋里有点钱就行了,往往是,到了下一回开工资,那二十元还在王紫气的口袋里,月来月去,二十元加二十元,到后来王紫气会把攒起来的整数再交给北花。北花比王紫气小九岁,原来是王紫气的学生,北花从小就是个有想法的人,还在上学的时候她就打定了主意一定要嫁给当老师的王紫气,后来果然给她办到了,怎么办到的,细节不必说,但有关这件事的传闻是相当多。多少年都过去了,但直到现在,有几次她去参加同学的婚礼,同学们开玩笑叫她师娘,她心里有说不出的滋味,那滋味既像是高兴,又像是有些失落。但这都是以前的事了,现在村子里比她好的人多得是,二层小楼一座又一座的往起盖,过去的同学见了她,往往会说什么时候王老师盖小楼我们都去帮忙。这话让北花心里更不是滋味,她心想,笑在最后才算是笑,你们有二层小楼住,但你们的儿子姑娘哪个学习能比得上我小夏。北花的心气现在仍然很高,她能听得见自己心里的那句话:"只要我姑娘小夏考进大学,你们哪个不是在我的下边!"北花的姑娘小夏也真是争气,首先是她肯学,其次是王紫气辅导得法,所以小夏学习一直很好,每回考试都是班上第一,这一次高考,北花的姑娘小夏是全县第一,一入八月就拿到了入学通知书,而且是省里的大学。无论王紫气怎么不同意,北花还是执意请县里的小剧团来唱了两天戏。那小剧团也就三个乐队,两个演员,唱又荤又烂的地蹦子戏。北花是心花怒放,那几天出来进去脸上都有两朵花,心里的花却是一大片!她希望自己心里的那一大片花不要光是花,她希望自己心里的花结出果子,那就是小夏上完大学留在城里,大夏过些时候去城里学理发开发廊。她还有个计划就是一定要给王紫气生儿,她不怕村里计划生育管得有多严。但北花的情况跟别人不一样,她是自从生了小夏之后便总是怀不上,这让她十分着急,背着人不知道吃了多少药多少偏方,人们都说她这岁数不会不坐果儿的,再坐果儿肯定会是个小子,也许还会一连生几个。那天王紫气的表哥家盖房子,上梁的时候北花过去帮忙,在厨房打下手,王紫气的表嫂是有口无心,随口说:"北花家盖小二层去的人肯定院子里都会站不下。"北花马上给了一句,说:"小夏这一去就不可能回来,到时候我跟小夏住城里,城里的楼房才叫楼房。"王紫气的表嫂也是给盖房的事弄得高兴过了头,说:"小夏还不是在村里?去城里做什么?想找个人说话都没有。要是个儿子也罢了。"王紫气的表嫂是说话无心,而北花手上的劲不禁使得大起来,每一个饺子的褶儿都捏得死死的,每一个褶上都有北花粗粗的指头印子,在砖场上做事,北花的一双手现在是要多粗糙就有多粗糙。

北花是个有主意的人,她既是这个家的"统帅"又是这个家的"财政部长",这个家全得听她的,她已经打定了主意,姑娘小夏上学是个绝好的机会,她要借着小夏上学的事去找刘继红把该分给自己的红要回来,虽然自己不缺那笔钱,家里存的钱加起来差不多能给大夏在县里开个小发廊了,她已经想好了,这笔钱说什么也不能动,小夏上学的钱她准备从别处弄,那就是去找刘继红,北花觉得这是个机会,这个机会能让她风风光光地向刘继红张张口,三年的红加起来谁也不知道会是多少。北花对王紫气说:"能要多少要多少,三万两万当然好,没三万两万一万也成。"王紫气说:"这样不好吧?别人都不张这个口。"北花说:"什么好不好,别人家的孩子还没考上大学呢!要是村里再有一家我就不张这个口!"王紫气说:"人家刘继红已经说过了,县里那边还没有给钱,要到城墙修好了一总算。"王紫气的意思要北花别去。可北花有北花的主意,她的主意一旦定下谁也别想再改动一分一毫,这就是北花,在这个家里,北花的一句话、一个主意,甚至是一个小小的想法都是一座从地下突然生出来雄伟的高山,王紫气休想绕着过去。

这天下午,砖场里没事,北花带上小夏去找刘继红,北花把小夏那张大红色的入学通知书揣在了口袋里,她想好了,去了就先让刘继红看看通知书,然后再把要说的话说出来。已经是二伏了,前几天的那场雨并没给大家带来多少凉意,反而更热更闷。在路上,北花再三吩咐小夏:"去了别说漏了嘴,就说家里没钱,一分也没有!就说前不久还向你二叔借了两千块!"

小夏看看母亲,眨眨眼,有些害怕,一想起要说谎她就有些害怕,但她心里又满满当当都是佩服,但说实话,就是让她说,她也不知道家里有多少钱,或者是有没有钱。王紫气家里的钱都在北花手上,那是个秘密,谁也不知道的秘密,有多少钱,都放在什么地方,谁也不知道,只是到了等用的时候北花才会拿出来,钱都用红布条儿扎着。北花的奶奶对北花说过钱财这东西要是不用就得用红布条扎着,只有这样才不会跑。

砖场里的那几个人在树底下打扑克,看见北花,有人告诉北花刘继红洗澡去了,要找就去澡堂找,这会儿可能在池子里泡得正舒服呢。那几个人还说这时候要是去了,叫他办什么事他肯定都得办,光腚的男人最怕见女人了,只要她敢进男澡堂。砖场的人嘴都很骚,北花笑着骂了一句,说:"我什么地方不敢去?谁还不知道你们身上长什么驴玩意儿。"北花问:"县城里好几个澡堂子,是哪个澡堂?"那几个人说:"你不会看车?车在哪个澡堂门口停着就是哪个澡堂。"北花突然有了新的想法。

北花马上回了一趟家,王紫气不在家,北花又马上去了一下地里,今年的玉米长得很好,几场雨下来,现在都高过人头了,北花知道王紫气就在地里,她站在地头上说:"王紫气你就别在地里弄这几棵老玉米了,你现在就去城里洗澡。"王紫气在地里直起腰,张了张嘴,说:"又不是过年过节洗什么澡!"北花说:"不是过年过节就不洗澡了?让你去你就去!你还当老师呢!"北花突然又把声音放低,说:"刘继红这会儿可正在澡堂子里呢。"王紫气说:"他洗澡跟我有什么关系?我不去!"北花拨拉开玉米走进地里,三划拉四划拉来到王紫气跟前,一把拉住他,把自己的想法说了出来,说:"洗澡是最好的机会,你去给他搓巴搓巴,一边搓一边就把姑娘考上大学的事顺便告诉他,就说咱们急等着钱用,问他能不能把咱们三年的红先给了咱们。"北花又说:"洗澡是个好机会,比在办公室好说话。洗完澡你再要壶茶,和他喝喝茶,你怎么说也是他儿子的老师,你给他儿子补课补得眼都快瞎了。"

王紫气还是那句话:"不去!他那种人!"

北花眼睛瞪大了,但她又把肚子里的气调和了一下,说:"王老师!"

北花这样改口说话就意味着事态比较严重了,王紫气最怕北花叫自己王老师,当年北花在学校后边的高粱地把自己彻底交给王紫气的时候就说了一句:"王老师,你看着办!"王紫气的身份也就是从那时候彻底给变了过来,从北花的老师变成了北花的男人,而地位却一下子出溜了下来。家里每逢大事,或者是每逢北花不高兴,北花就会把对他的称谓适时地改一下,只要北花一开口叫王老师,王紫气就知道要有事了,要是不让北花闹事,他只有听北花的。

王紫气把头上的玉米花儿打打,连家都没回,直接去了县里。

时间过得很快,下午的时候,王紫气才从外边回来,说:"谁说刘继红在县里洗澡?害得我把县里的澡堂都找了个遍!"北花说:"你没看到他的车?"王紫气说:"我还能连他的车都不认识?"王紫气不再说话,他也累了,骑自行车跑了大半天。吃饭的时候,王紫气的气也顺了过来,他对北花说回村的时候他看见刘继红了,正抱着他那个宝贝小子在家门口坐着,他们逗你玩儿你还真当他是去了县城洗澡。

"那你不会跟他说一声?"北花说。

"我不会,我真不会。"王紫气说,"你还不知道我,我真不会。"

北花领上小夏去了刘继红办公室。刘继红的办公室就在砖场旁边的一间烂房子里。北花领着小夏进了门,刘继红一直板着个脸,刘继红只要一碰上有人跟他要工钱就是这样。北花明白接下来也许会有不好听的话给自己或刘继红说出来,她便又让小夏先回去,再说刘继红也看过了那个大红的入学通知书了。小夏也巴不得回去,小夏在这方面很像王紫气,很怕事。

小夏一走,刘继红就笑了起来。

"有什么事还让孩子回避。"刘继红看着北花。

北花说:"孩子马上就要上学了,家里实在是没钱,你不管别人,还不管王老师的事?"

刘继红就笑了起来,说:"他可是你的老师。"

北花就不好说话了,她本来想说:"王紫气也是你儿子的老师啊,你儿子现在在省城上大学和王老师能没关系吗?"但北花说不出来。北花说不出来,刘继红可说得出来,刘继红说:"从小我就看得出你和别人不一样。"刘继红这口气就像他是北花的长辈,其实刘继红比北花大不了几岁。

"其实啊,整个村子里数你的本事大。"刘继红笑着说,笑得很坏。

北花不应该就不应该顺着刘继红的话说了这么一句:"我咋就有本事了,有本事还会在砖场里受这苦。"

"你还没本事,没本事能把王老师给搞到手。"刘继红一下子就把这话给说了出来,这让北花来了个大红脸,这话北花早就听人们说过,但都是背着她说,再由别人传到她的耳朵里,没有人敢当她面对她这么说。再说王紫气在村子里人缘十分好,走出来走进去的孩子们和半大小子差不多都是王紫气教过的,当面就把这话说出来的恐怕也就只有刘继红,北花的脸一下子红了。

"说真的,你真有本事。"刘继红又说了一句,他笑眯眯地看着北花,觉得自己今天也许真会把想了好久的事给做了,也许时候真到了。北花现在也还不难看,甚至是好看,换换衣服,好好梳洗梳洗,甚至是十分好看,北花上学的时候真不知有多少人喜欢她。刘继红站起来,好像要倒杯水给北花,但他发现暖瓶里没有水,他动了一下杯子,又坐下来了,笑眯眯看着北花。

"你太有本事了。"刘继红又说了一句。

北花坐不住了,她站起来,不知道该说什么了,忽然有一种羞辱感,但又让人说不出来。刘继红也站起来了,他从桌子这边站起来,北花是在桌子另一边,刘继红站起来把门推上了。然后又坐下。

刘继红看着北花，说："其实那时候我们也真想让你把我们搞到手。"

刘继红的这话一出口，北花的脸一下子更红了。

"钱好说。"刘继红笑着，看着北花，"虽然账上没几个，但刚刚打过来一笔。""你想做什么？"北花心里的火已经冒起来了，她看着刘继红。

"你还不知道我想做什么？"刘继红说。

"我是来要我的工钱的！"北花说，北花说这话的时候，要是王紫气在，王紫气就会知道北花不对劲了。

"我也没说不给呀。"刘继红觉得自己已经迈出了第一步，第二步第三步就停不下来了，他笑嘻嘻地看着北花。

"那就给呀。"北花说。

"就这么给呀。"刘继红说。

"我的钱，我的工钱，你还要怎么给！"北花说。

"怎么给，你还不知道。"刘继红觉得自己应该站起来走过去，但他也知道北花的性格，他要看看北花接下来会有什么反应。

"我可是比王老师年轻多了。"刘继红又说了这么一句。

"你……"北花也是急了，说，"你儿子比你还年轻呢。"

刘继红就笑了起来："我做出来的，当然比我年轻啊。"

刘继红站起来了，他觉得是时候了，刘继红凭自己的经验觉得是时候了，他站起来，过去，他知道接下去自己应该做什么，刘继红的办公室里边还有一间屋子，刘继红是不慌不忙地过去，他要把外边这个门给插起来，但他想不到北花一下子抢先就把门给拉开了。咣当的一声。

刘继北看到了门外有两个人站着，是办树苗子的那两个沁水人，那两个人也朝这边看，这边的动静很大，门撞在墙上发出很大的响声。

刘继红的恼火是连想也不想一下子就把自己的右手的中指朝北花伸了出来，伸出来还不说，他还做了捅的动作，很用力，捅一下，再捅一下。

"还装什么装！"刘继红小声地说，声音小到只有北花听到。

但刘继红在那一刹那心里忽然软了一下，因为他看见了北花眼里突然有了眼泪。

刘继红也不知道自己是怎么了，他又朝北花捅了两下，很用力，又捅了两下，他这个动作可太有力太下流了，是从下往上捅，这让他有一种说不出来的快感。北花转身离开刘继红的时候,刘继红又用中指对着北花的后背捅了两下,这两下北花根本就没有看到,北花一边往外走一边猛地在自己的肚子上狠狠地抓了一把,这一把抓得太用力了,北花忍不住叫了起来。

其实也就不到半个小时,北花又出现在刘继红的办公室里,这让刘继红有点意外,又有那么一点摸不着头脑,不知道北花会来做什么。但刘继红马上就又想到那件事上了,脸上不由得有了笑容,女人毕竟都是女人,但他想北花也真是北花,她要是真想通了来跟自己做那事,她的花样可就是要比别的女人多,刘继红看了一下里边屋,门开着,可以看到床上的花被子还摊着,刘继红中午习惯在这里睡午觉,但他就是没有叠被子的习惯。

刘继红是随口说的,不过他这话对许多女人都说过,说过之后便那个了,他抱着女人左推右推就倒在床上了,然后他会卟的一声细响,把自己的那一截儿该放进什么地方就放进什么地方去了。

刘继红对北花说:"看看我那被子乱的,你帮我叠一叠。"

刘继红等着北花按着自己的话去办,他甚至都能感觉到自己的动静了。

刘继红根本就没看到北花是从什么地方掏出的那把剪子，都没来得及看北花在做什么，但他马上就叫了起来，他听到了卟的一声细响。有一截手指，泚着血掉在了地上，是北花右手的中指。

刘继红往后跳了一下，他没见过这种事。

地上的那截手指动了一下，又动了一下，像是也要跳起来。

雨　夜

周口店是最后一个走的,他把那三十块钱塞给山东人。

"别收他们的钱。"他对山东人说。

"两碗面用不了这些。"山东人说。

"你看着再给他们来点什么。"周口店说。

"还能用你的!"山东人说。

周口店说:"我的钱是不是脏?是不是不干净?"

山东人张着嘴,不说话了,他看着外边,看着从屋里出去的周口店。雨下得更大了,按理说,冬天不会有这么大的雨。山东人不知道周口店他们做什么去了,应该是回家去了。这样的晚上,是应该回家去,在这样的晚上,不回家的人都有不回家的道理,但山东人知道,西边埋在地里的那个人是永远也回不了家了,问题是,那个小煤矿现在也没了,让上边给封了,在井口放了炸药，轰的一下子，什么都没了。那个矿主也早就不知道去了什么地方，当年在那小煤矿里挖煤的工友也都不知去了什么地方，只有那个人，矿井出事后给埋在了那里，永远回不了家了。

"给炒个鸡蛋！"山东人对里边屋自己女人说。

"下这么大雨，应该吃个炒鸡蛋。"山东人又自言自语说了一句。

"还有什么呢？"山东人问自己，"是不是还有点猪头肉？"

"对，还有点儿猪头肉。"山东人又说。

雨是冷的，是冬雨，不大，淅淅沥沥的，却不停。地里的庄稼早已经收过了，场里的事也已经完了，所以人们就没什么事做。再过几天就是新年了。雨一直下到晚上还不肯停，在这样的天气里，人们能做什么事呢？在一起说说话，嗑嗑瓜子，或者早早就睡去，但肯早早就钻到被窝里睡觉的人毕竟不多，更多的人是在那里看电视。但电视又总是不清楚，因为小村紧靠着一个煤矿，这煤矿就叫了"独树矿"这样一个怪名字。因为靠了这个煤矿，小村的电视就总是看不清楚，并且村子里的那条路给来来往往的大车弄得坑坑洼洼不好走。这让村子里的人都很生气。更让人们生气的是那些从外边来的女人,这几年城里的生意不好做了,她们都跑到矿上来,来做什么?村里的人们有很生动的说法,说她们是下来收集炮弹。矿上年轻人多,炮弹的库存量相当大。有人就在高粱地里做那种事,白花花的套子扔得到处都是,这就更让村子里的人生气,都说高粱减产跟这事分不开。

　　都快要过新年了,天还下着雨,让人觉得没什么意思,甚至让人觉着有些扫兴,让人觉着该找点什么事做做才好,做什么呢?在这样的天气里,一切都显得闷气,一切都显得无精打采,这种天气里找事做原是在寻找刺激。周口店便和六子、周来富、周金、菜刀头出动了。这村的人大多姓周,外姓很少,有外姓也是从别处迁来的。周口店是个漂亮小伙子,只是笑的时候嘴会张得很大,所以人们就叫他周口店,这绰号原是取得有一点学问的。无端端让人觉得有些奇怪,这就让他好像和别人有些不同,不同在哪里呢?又让人说不出,也许周口店和别人不同的地方就是他的漂亮。皮肤白白的,在村子里,像他那样白净的小伙子是很少的,他大眼睛,并且鼻子挺挺的好看。好像是因为他长得漂亮,村子里的年轻人就很喜欢和他在一起,做起什么事呢,又好像总是由他来带头。其实周口店是个很勤快的年轻人,总是在找事做,秋天的时候他去收了一阵胡麻,把胡麻收来再倒手卖给油坊,其实也挣不到多少钱,胡麻收完了,他又去收豆子,收豆子做什么?收豆子卖给豆腐坊,这种事都是有季节性的,周口店还计划到了天冷的时候再去收羊毛,收羊毛是个脏活儿,他肯做这种事,就说明他扎实。他不能不扎实,他的父亲原是个木匠,现在已经很老了,什么也不能做了,眼睛有了病,总是红红的、烂烂的样子,他的母亲是个胖子,动不动就头晕,但还是忙着给人们做衣服挣些钱。周口店的母亲是村子里最好的裁缝,会蹬机子,那缝纫机就放在屋里的炕上,高高在上的样子,这么一来,她可以一边做活儿一边看看外边,蹬蹬机子,然后坐在炕上给布料子上抿抿浆子,抠抠边。让她发愁的是她的儿子还没娶上媳妇,周口店呢,好像一点都不急,这就让她更急。

　　周口店和六子他们出动去做什么?他们五个,穿了塑料的雨衣和雨鞋,在雨地里一划拉一划拉地走着,雨下到他们的身上有细密的声音,村道上都是坑,原是不好走的,一下了雨就更不好走,周口店他们只好在道边墙根处的稀泥里行走,这就让他们好像排了队,一个跟着一个,走在后边的六子忽然跑到前边去,他想和周口店说说前几天来矿上找婆家的那个姑娘的事,那姑娘也太小了,最多十五六岁的样子,谁也不敢要,人们都说肯定是给人贩子骗出来的,人贩子也太可恶了。六子凑近了周口店,说那小姑娘也不知现在去了什么地方。十五六岁那么小,能吃得消?六子这么一说,五个人便都哄笑了起来。他们一划拉一划拉地走到村口的道边了,他们到那里做什么?他们是去收路费,只要是想从村子里过的车,他们都要收些钱,这样一来,他们就和那些把村子里的路压得都是坑的车的关系就扯平了。做这种事,让人无端觉着像是做土匪:一是要把凶恶放在脸上,二是不能害怕。他们做这事,原是底气不足的,但他们说做这事原是要保护村子里的道路的,底气便又有了,一开始做,大家都提心吊胆,好像是真在那里做土匪了。但做过几次胆子便大了,理由也充足了,而且还有了收费的标准,那就是大车收多少,小车收多少,倒有了公事公办的味道。村子里的人对做这种事总觉得不太好,总觉得这不是正经人做的事。再说这种事老实一点的人是做不来的,敢做这种事的,多多少少是有些无赖的,不敢做这种事的人看到做这种事居然能挣到钱,心里便不平了,不平又能做什么呢?也只能是在背后说闲话,都是一个村里的,闲话又能说些什么?说他们不务正业,说他们二流子,话是这样说,说来说去,周口店、六子和菜刀头他们真的就好像是二流子了。别人既然那么说了,为了显示自己的不在乎,周口店他们说话办事就偏偏要和别人不一样。问题是周口店他们觉得自己是在给村子里做事,路是大家的。这么一想呢,周口店他们就更不在乎了,感觉自己和村子里的其他人有区别了,行事说话都有了城里人的味道,这又让村子里其他的年轻人从心里羡慕,想仿效他们。

"干什么去?"有人在道边问了。

"劫道!"

周口店的口气有时甚至是挑衅的,意思是,你要是再问,还会有好话给你说出来。周口店总像是有一肚子心事和不满,有什么心事和不满?他自己也说不出来。因为长得满亮,倒好像是所有年轻姑娘都欠了他什么,他对姑娘的态度是四个字:不屑一顾。村子里的姑娘其实都很喜欢他,但周口店对她们的态度总是不友好,好好一句话让他一说出来就有了挖苦的味道。他瞧不起村里的姑娘。

小村现在不能说是小村了,因为那个独树矿,小村的道边开了不少小饭店,一共有五家。周口店他们就在雨里一划拉一划拉来到靠路边最近的那家饭店了,这家饭店是山东人开的,这个山东人原来是下井的,受了伤,天阴了腰就痛,所以就来这里开饭店,在小煤窑那边还领着一份工资,因为他的表哥是矿上的副矿长。小饭店是两间房,门上挂着塑料缝的门帘,一撩就哗啦哗啦地响。周口店他们来了,总是要个花生米,再要个炒山药丝,再要几两酒,就那么喝起来,他们也没钱,对周口店他们来说,喝酒倒在其次,吃什么更在其次,也吃不上什么好东西,让他们喜欢的是那种气氛。

周口店他们进了这饭店,坐好了,披在身上的塑料雨衣马上给山东人搭到柜顶上去。

"这天气真应该骂一下子!"六子坐下来,对周口店说。

"外边有猪,你去不去?"周口店说。

"那你说,人活着数什么好?"六子笑嘻嘻地又说。

"数猪好,你去吧。"周口店说。

人们便都笑起来。

周口店也跟着笑了起来。

"啤酒白酒?"山东人说。

天下着雨,在这样的夜里他们能做什么呢,他们就那样一边喝着那一点点酒,一边说着荤话,说荤话让他们觉着很过瘾,而且好像还有一种快感。既然不能做那种事,说说还不可以吗? 好像是因为不能做,他们的嘴上就说得更厉害。而实际上他们都还年轻而纯真,虽然他们常常和那些小姐拌嘴或打情骂俏,但那些小姐真要挺身而出他们倒会害羞起来。他们喝着酒,说着话,一有车的动静他们就要跑出去,外边的雨沙沙地下着,他们的耳朵现在都很好使,可以说都已经练出来了,能听得出外边来的是什么车,大车还是小车。为了怕从外边来的车一下子冲过去,他们在路边拦了一根杨树杠子,这么一来,真像那么一回事了。正经的路卡,都有那么一条杠子。

这路边小饭店,其实更像是一个家,里边一间是住人的,炕上乱得可以,地上又堆满了粮食口袋和烟箱酒瓶,外屋大一些,放两张桌子,人们就在那两张桌子上吃碗面条了,喝口小酒了,墙上呢,贴着美女的大画片和好看的烟盒纸,还有一台油乎乎的黑白电视,摆在里屋的桌上,屏幕冲着外边,所以外边坐的人也能看见电视里的动静。饭店的主人是两口子,比如女人要去炒菜,男的便去剥葱了,穿着油乎乎的大裤衩,腿上的毛很黑很长。这边炒好一个菜,男的便会马上端出来。但人们常常看到的是那个女的在那里一下一下很用力地合面,面要合得很硬,饧好了,才能削,这就是说,这个山东女人也学会了削面。或者她就在那里嚓嚓飞快地切菜,动作快得让人眼花缭乱。外屋其实就是个厨房。灶台上永远放着两个红塑料盆子,一个盆子里是炖好的羊肉,一个盆子里是羊下水,总是这两样,谁要是想吃就马上盛出几勺子热一热就是。外边的客人喝着酒,那男主人有时也会过来和客人喝一口,总是蹲在小凳子上,或者就坐到里间的炕上去。碰上矿上的人下来,恰好又带着个小姐来,给他们一点点钱,这小饭店的主人便会把里屋的小炕让给他们,所以里屋的门上原是有个布帘儿的。布帘儿要是放下来呢,人们就知道里边在做事了,里边的事做完,那小姐还会在里边小声地问一声:"谁还来?"也许马上就有人笑嘻嘻地进去,在里边解裤子做起来。没人做那事的时候那小姐便会帮着饭店主人做些事,洗洗菜,扫扫地,擦擦桌子,好像那种事跟她们没一点关系。

周口店他们喝着酒,忽然,听见外边的动静了。

"车来了。"饭店的男主人,那个山东人马上出去又马上进来。

"大车小车?"周口店说。

山东人便又一头出去,只一刻便又回来,水淋淋的。

"吉普车。"山东人说。

周口店他们都喝了些酒,身上也暖烘烘的,这暖烘烘的感觉让他们不想再出去,再说外边还下着雨,这让他们有些不情愿,这么一来,他们便和那从远处开来的车有了气,好像是那远远来的车害得他们不得不出去淋雨。车真是过来了,车灯一跳一跳地亮过来了。周口店他们站起身,出去,外边的雨横扫着,唰唰地在人们的塑料雨衣上乱响。

　　车是一跳一跳开过来的,路真是让人火极了,司机的脾气一般是大的,就是平坦的路他们也总好像是累了,付出的太多了,有什么不对了,要放脸色给人看,谁又能想到会遇到这样的路?车开在这样的路上就像是一艘船,但比船更糟,路上的稀泥溅得车上到处都是,车一会儿上来一会儿下来,坐在车里的人就都把心悬着,车跳上去的时候,车上的人便都忙把身子紧了,车落下去的时候,人又会一下子给弹起来。天气又很冷,路又看不清。司机怕走差了路,想要问问路,却看不到人,忽然,前边有了灯光,司机的心里就有几分暖了,想象那不可知的热炕和热茶,就把车停了。车吱的一声停了下来,司机才看到路边竟然还站着人,下雨天,人站在雨里做什么?年轻司机想都不用想就明白是什么事了,这种事太多见了。

"站住!"

六子说话了,声音是不友好的,很凶,小村这一带人的嗓音都有几分尖,猛听上去是很滑稽的。

"下来,下来!"六子说。

司机的脚蹬下去了,他在想是不是要一下子冲过去,但车灯让他看到了横在前边的木杠。因为下雨,看不出多远的。

"下来,下来!"六子又凶巴巴地说。

年轻司机摇下玻璃了,雨一下子从外边扫进来。

年轻司机长着一张猛看上去很漂亮的脸,但这张脸要是细看就会让人看出一些油滑来,不知怎么回事,这年轻司机的头发竟然很稀了,为了让自己的头发显出一种人为的蓬勃,他用发胶把头发蓬起来,这就显出了夸张的意味,让人觉着好笑的意味,这种头发是司机留的吗?好像不是,好像是有些过分的讲究,但他就这么讲究你也没有办法。这年轻司机其实是雄心万丈的,但不知怎么就开了车,开车这工作在别人看来很好,在他却好像是一肚子的委屈在那里窝着,他的父亲原就是这个局里的老司机,父亲是有办法的,自己退了,想办法让儿子来接了班。这是让多少人羡慕的事。但年轻司机总觉得自己应该去做更好的工作,但更好的工作是什么工作呢,他又说不上来。

实际上他是自由的,早上接一次人,中午送一回人,下午再接一次再送一次,其余时间他可以到车库那边去打扑克。但他又不喜欢和那些人一起打扑克,他是个爱干净的人,身上的衣服总是干干净净,蹲在那里或坐在那里怕把裤子弄得抽抽巴巴,所以更多的时候他在那里看报,或者就去洗澡,因为没什么事做,他简直就是热爱洗澡了,一个热爱洗澡的男人是不是有些怪呢?人们就都这么认为了,认为他有些怪,所以人们就离他更远了。

年轻司机冒着这么大的雨是为他们局的办公室主任下来办件事。他在心里其实对王主任很反感的,首先让他看了不顺眼的就是王主任的那个大肚子,鬼才知道那个大肚子里究竟装了多少公家的油水。而这不顺眼也只能装在肚子里,表面上年轻司机还要讨好王主任,因为升工资、换车本和司机的评定,他都离不开这个王主任。这么一来,年轻司机觉得自己在阳奉阴违,这让他自己都讨厌自己了,讨厌自己的结果是在心里更加仇恨这个王主任,在背后,他总是把王主任叫"肚比",这个"比"字念起来是要发第一声的,因为王主任名叫王毕,因为王主任的肚子,所以人们都觉得这个绰号取得真是好,有创意。

年轻司机在这样的雨天下来给王主任做什么事?原是下

来找人的，车上还坐了一个女人，这女人在这样的天气里穿得很厚，头上还戴着头巾，这头巾几乎把脸都遮了去，她一路上连一句话都不说。其实这个女人是王主任女人的一个远房亲戚，两个月前，和她刚刚结婚的丈夫离家出去做事，因为结婚，他们小夫妻欠了一屁股的债，他们商量好了，都出去做事，第一是还了债，第二是多挣些钱把家搬到县城里去，他们是有理想的，不愿意一辈子待在乡下。她丈夫就去下煤窑了，下煤窑挣得多一些，和她丈夫一起去的还有同村的四个后生。她呢，就去了县城里的饭店打工。马上就要过年了，和她丈夫一起出去的那四个人都回了村，她丈夫却不见人影儿。据那四个人说她丈夫是去了别的煤窑，到底去了哪个煤窑那几个人也说不清。眼看就要过新年了，她是来找自己男人的。她的名字叫小婉。她在县城的一家饭店里做过事，从厨房一直做到前厅，这其实是一种苦熬，一点一点从又臭又脏的厨房剥葱剥蒜开始然后才慢慢熬到前厅。夏天的厨房要比任何地方都难闻，小婉一直好奇厨房里怎么会炒出那么香的菜。绞肉的机器有一次下班的时候忘了清洗，第二天小婉发现有许多白花花的蛆虫在那里爬。小婉在饭店里做得很好，是一点点干出来的，从厨房到前厅就好像一条毛虫一下子变成了一只好看的蝴蝶。但后来出了一件事，她便不再是一只美丽的蝴蝶了，饭店丢了东西，老板怀疑是小婉偷了。怀疑又不当面问一问，而是到处散布关于她的谣言，这就是那个饭店老板的做法，对这个说说，对那个说说，等到小婉知道的时候饭店里几乎所有的人都已经知道了。小婉为这事病了一场，是精神分裂，是忧郁和愤怒的结合，她无法给自己做解释，但她那天把饭店的碟碗砸了个粉碎，然后就回家了。这是前不久的事，现在她的病已经好多了，但人总是忧郁着、闷闷不乐着。她现在说话容易激动，所以她就干脆不怎么说话，以免村子里的人说她又犯了病。别人都回来了，过年人们都要回家，可是她的男人却没了人影儿，这让她更没话，更两眼发直。男人和自己结婚没多久就离了家，他们的感情因为结婚不久所以是极其完美的，几乎是没有一点点磕碰。

小婉呆呆地坐在那里，在心里一次一次地问自己，自己的男人去了什么地方？好像是一下子消失了，一家人就都没了主意。小婉的公公是村子里老实巴交的那种人，虽然五十多岁了，但说话还会害羞，脸红得像二十多岁的小后生。出了这种事，小婉的重要性就显示出来了，毕竟她见过世面，毕竟她和更多的人打过交道。这件事太重要了，她嘴上没多少话，心里却一次次地对自己说：找回来，找回来，一定把他找回来！在车里,有一阵子她流了泪。车总是颠簸着,有一阵子她在心里都有些恨坐在前边头发梳得光光的司机,认为他是有意让车子上来下去,但年轻司机一路的骂骂咧咧又让她明白司机原是不情愿的,这种颠簸对大家都是平等的,她心里便又平和了。小婉一路上不说话,是因为心里有事。年轻司机心里倒有几分兴奋,这兴奋中有些幸灾乐祸的味道,因为这小婉毕竟是王主任家里的亲戚,而且是出了事了。要是王主任日子太好了,太顺利了,倒让人觉着不公平,过日子人人都会有不顺,好了,这一回,王主任也有了不顺,而且是这种事,一个大活人,一下子就不见了。年轻司机在心里悻悻的,希望事情办得不顺利,希望节外生枝,比如,身旁这个女人的男人又在外边找了一个。

小婉和年轻司机下了车。

"先下车,下了车再说。"年轻司机小声地对小婉说。

小婉不知道下了车再说什么,车下的人让他们下车做什么。她有些害怕,雨夜是漆黑的,天边偶有闪电,会吓人一跳。

"下车做啥?"小婉说话了,一路上她几乎一句话都没有。

"吃饭,吃了饭再说。"

年轻司机很不高兴地说,他想好了,如果车外边是个饭店,就先吃一口再说，再说也到了吃饭的时候了，喊他们下车的人顶多就是想要几个钱，再凶也不会凶到哪里去。年轻司机竟是见过世面的，他明白这种事的转机会在什么地方，吃饭的时候，比如，请他们喝一瓶啤酒，再说说话，便有可能把尖锐的事情避开了，话就好说了。但他希望事情不顺利，希望节外生枝。开小饭店的山东人是高兴的，想不到雨夜还会有买卖，他一时还拿不准这一男一女是两个什么人，是来吃一口饭还是来做那事，最好是吃饭连着那事都做一做。

小婉下了车，站在车外的周口店他们才发现车上居然还有个女人，这就让他们兴奋了，好像是黑暗中忽然有了火光，是这么个意思了，在这下着雨的晚上，他们本来是沉闷的，而且好像没来由地还有些疲倦，小婉一出现，他们好像一下子振奋了，六子吱地怪叫了一声，这叫声有那么点儿挑衅的意思。让周口店和六子他们兴奋的是会有好事了，这种女人是做什么的呢？在这样的晚上，一个女人再加上一个头发油光水滑的司机，这样的一男一女能做什么正经事呢？周口店他们便兴奋了，这样的人出手向来是不犹豫的，为什么？为的是不让人打搅他们的好事，人无论怎么坏，做那种事总是不希望有人来打搅。

小婉进屋的时候，六子又吹了一声尖厉的口哨。周口店竟也随着吹了一声。周口店已经在心里把小婉和年轻司机认作是那种人,心里便一下子放松了,周口店他们做这种事心里原来是紧张的,说他们不紧张是瞎说,但他们的紧张和不安,他们的种种面子上的凶恶和不讲理都是准备给那些正经人的,是准备给那些正儿八经跑生活的司机的,那些司机满脸煤屑,钱挣得有多么不容易,总是一角一分地挣着。但对于雨夜出现的这样的一男一女,分明就不是正经人,他们在心里就先蔑视着,正因为了这蔑视,他们便松懈了。下一步,就是怎么要钱,要多少钱的事。

年轻司机和小婉进到饭店里了,山东人把帘子打起来,帘子再放下来的时候,冬雨就被关在了外边,屋子里的热气和气味让年轻司机和小婉一下子感到了温暖。

"下两碗面。"

年轻司机吩咐了,司机都是随遇而安的,他们的工作性质不随遇而安又能怎么样?年轻司机先去里边那间屋看了看,打算洗洗脸了,但那个红色的塑料盆子太脏了,这塑料盆子原是什么都洗的,有时用来洗菜,有时候又用来洗手。客人多了忙不过来的时候山东人又会用它来拌下酒的凉菜,比如山药丝子,切得细细的,用开水氽了再用凉水凉过,再把整粒的花椒用油炸了,却只要那油,泼在山药丝里,便是一个凉菜;再比如拌粉条子也在这个盆子里,有时候还会用它来放面汤。到了晚上,客人们都散了,山东人竟会用它来洗脚,真是眼不见为净。在这个小饭店里,一切都是没有秩序的、混乱的,做什么都是随手拿过来就是,比如从矿上那边过来和小姐做事的人,做完了,怕得病,有时还会顺手把盆子拉过来洗洗。在独树这地方,这样的小饭店,可真是眼不见为净。

年轻司机只把手洗了洗。洗了手,看看毛巾,也没擦,把手甩了甩。他对小婉说了声"你不洗一洗?"小婉这时已经摘了头巾。小婉长相一般,但她是那种越看越好的长相,能让人看进去,眼睛是细细长长的,眉毛也好,嘴长得也有轮有廓,因为眼睛是细细的,便让人觉着她是害羞,又好像是有心思。周口店他们原是见惯了那种到独树来挣钱的女子,一个个打扮得都有些过头,比如指甲,比如嘴唇,比如头发,都是和别人不一样的,都像是马上要去演出的样子,其实她们时时都是准备演出的,只不过她们的舞台是床,她们的心情便时时刻刻都好像是演员站在了台口的二道幕后,时时有马上就要出台的感觉,心总是跳跳的,眼总是亮亮的。只等着需要她们的男人的出现。这样的女子,总是要让人觉着亮丽,但她们一旦演出完,人就像换了一个人似的，这又让她们更像是一个演员，演完了戏，妆也洗掉了，人也一下子松懈了，拖拉上随便一双什么鞋，嘴里有时还会叼着一根烟，好像她们是有意要这样，有意拿自己的不在乎和别人不屑的目光作对。实际上，做小姐的这种人是时时都处在斗争的状态之中，她们时时都处在紧张的状态里，人就容易老，而她们又最怕自己让人看出老来，化妆便往往过了头。一个女人可以靠化妆品美丽，可以靠服装不同凡响，但就是很难做到清纯。

小婉和那些女子是不一样的，因为她在城里做过事，所以她又和村子里的女子有些不一样，她是夹在城里和农村中间的类型，让城里人看不惯，让村里人也看不惯。她坐在那里，她的衣着，她的神态，有时会让人误解她是一个不怎么走运的小姐。小婉的心里其实简单得很，只想把自己的男人找回来，她现在是见人就问，她想问问这些人可见过她的男人。快过年了，她的想法很简单，她想要她男人回家。她在想，该怎么问？她朝里边的那间屋子看看，山东人的女人在那里下着面，有白白的气从里边一股一股地飘出来，下冬雨的天气是有些凉了。小婉知道女人跟女人还是好说话。

小婉站起来，一头扎进里屋去了，年轻司机也跟了进去，他要看看下面条儿的锅干净不干净,面条儿像样不像样,还有臊子馊了没。

小婉和那个司机进去才一会儿,山东人就从里边慌慌张张地出来了,神情有些异样,他一说话,周口店和六子他们都愣住了,张大了嘴,也都站了起来。

"找那个人来了。"山东人朝外指指,小声地说,"西边矿上埋的那个人。"

"是他女人?"六子说。

"那肯定。"山东人说,看着周口店。

周口店不说话了,他觉得有什么从心里涌上来了,一下子就涌上来了。下着雨,来了这样的车,又来了这样一个女人。这样的晚上,西边地里埋的那个人他认识,和自己一起下过井。周口店站起来,在身上摸出二十块钱,他又让六子在自己身上找找,六子身上有十块。二十块加十块就是三十块。周口店的那些兄弟和山东人都不知道周口店要做什么。

周口店把身子探出去,外边的雨还很大。

"咱们走。"周口店对他的弟兄们说。

"还早呢。"六子说。

"走!"周口店说,像是突然生了气。

周口店是最后一个走,他把那三十块钱塞给山东人。

"别收他们的钱。"他对山东人说。

"两碗面用不了这些。"山东人说。

"你看着再给他们来点什么。"周口店说。

"还能用你的!"山东人说。

周口店说:"我的钱是不是脏?是不是不干净?"

山东人张着嘴,不说话了,他看着外边,看着从屋里出去的周口店。雨下得更大了,按理说,冬天不会有这么大的雨。山东人不知道周口店他们做什么去了,应该是回家去了。这样的晚上,是应该回家去,在这样的晚上,不回家的人都有不回家的道理,但山东人知道,埋在西边地里的那个人是永远也回不了家了,问题是,那个小煤矿现在也没了,让上边给封了,在井口放了炸药,轰的一下子,什么都没了。那个矿主也早就不知道去了什么地方,当年在那小煤矿里挖煤的工友也都不知去了什么地方,只有那个人,矿井出事后给埋在了那里,永远回不了家了。

"给炒个鸡蛋!"山东人对里边屋自己女人说。

"下这么大雨,应该吃个炒鸡蛋。"山东人又自言自语说了一句。

"还有什么呢?"山东人问自己,"是不是还有点猪头肉?"

"对,还有点儿猪头肉。"山东人又说。

乔其的爱情

王小民拿着壶站起来,朝那边望望,给乔其的杯子里又加了水。

"我真还有点饿了。"王小民说,又坐了下来,眼睛还看着那边。

"你该减肥了。"乔其说前天刚看到一个视频,视频上是一个人不小心摔倒后站不起来了。怎么也站不起来了。

"骨折了吗?"王小民看着通向饭店厨房那个门,服务员都是端着东西从那里出出进进,很忙。又有一个服务员从里边出来了。

"你猜猜为什么?"乔其说。

"骨折嘛,还会是什么?"王小民说。

"根本就没骨折。"乔其忽然笑了一下,"因为那是个少见的大胖子。"

"什么?"王小民看着乔其,不明白她在说什么。

"胖到摔倒都站不起来,你说他到底该有多胖。"乔其说。

"不可能吧。"王小民对这个话题不太感兴趣,他看着那边,朝那边招招手,一个服务员马上就走了过来,以为这边还要点什么菜。

"还需要加点什么?"服务员问。

王小民一下子就火了,手在桌子上拍了一下,说:"我们等的时间太长了。"

"快了快了。"服务员说,"马上就来。"

"都得等,你发什么火。"乔其小声地说。

"饥饿感越强到时候就越能吃。"王小民说,"我可不想再胖。"

乔其觉得自己还想再说说那个胖子摔倒的事:"后来连警察都来了。"

"你说什么? 什么警察?"王小民不知道乔其在说什么。

"因为那个胖子从地上站不起来,围观的人把路都给堵塞了。"乔其说。

"哪有这种可能。"王小民说,"一个人再胖也能自己爬起来吧,在家他不去厕所吗?晚上他不睡吗?睡在床上他不下床吗?他怎么翻身?你能不能别一吃饭就说胖子?"王小民有点不高兴。

"你看你,这么大声。"乔其说。

"因为我不信,一个人摔倒了自己会爬不起来。"王小民说。

乔其不准备再说,她要给王小民把那个视频从手机里给找出来,乔其看手机的时候服务员把他们点的烙盒子给端上来了,用一个很大的方形塑料托盘,乔其点的是芹菜牛肉馅儿的,王小民点了猪肉大葱和羊肉胡萝卜的,刚刚烙出来的盒子散发着让人忍不住想马上开吃的香气,盒子烙得恰到好处,焦黄焦黄的,还冒着细碎的油泡,真是诱人。

"可来了。"王小民已经把一个烙盒子夹到了自己的盘子里。

乔其放下手机,看着王小民,用餐巾纸慢慢地擦拭筷子。

王小民用一根手指抹了一下嘴唇,小民的手指可真粗,像根小香肠,乔其发现半个烙盒子已经被他吃下了肚子。

"小心烫着。"乔其说,"又没人跟你抢。"

"今天是有点饿。"这是王小民的话。

"我真为你的饥饿感担心。"乔其也开始吃,烙盒子很烫嘴。

"来点酸梅汤?"乔其说,意思是问王小民来不来一杯。

"那我就也来一杯,这么吃烙盒子很好。"王小民说,"这也是混搭。"

王小民马上朝那边招了招手,王小民的手举起来的时候就像五根肥嘟嘟的香肠。

"来了来了。"有一个服务员朝这边过来了,端着那种塑料大托盘,却一闪身去了另一个桌。

王小民又招手,这次又过来一个服务员,马上端来了两杯酸梅汤。

"这是免费赠送的。"服务员对王小民说。

"可以免费赠送几杯?"王小民说。

"够了够了。"乔其马上对那个服务员说,"我们两杯就够。"

"我们可是常客。"王小民说,这连他自己也不知道这么说是什么意思。

"这是甜的。"乔其小声地对王小民说,"不能喝那么多。"

王小民和乔其常来这家小店,就是因为这里的烙盒子做得好,这家店除了几道小菜之外就只卖烙盒子,烙盒子和馅儿饼的区别仅在于烙盒子是月牙形的,厚一些,里边的馅儿一般来说要比馅儿饼多。这个店里的烙盒子有十多种,好像牛肉芹菜和猪肉韭菜的烙盒子最受欢迎。来这里吃烙盒子的一般都是老顾客。乔其一般来说吃三个烙盒子就很饱了,而王小民却能吃五个,有时候还会吃六个,有时候还会吃七个,那一次王小民和乔其在烙盒子店对面的公园里玩了几乎有一整天,甚至他们还在湖边的一棵很隐秘的柳树下的长条椅子上做了爱,虽然树上的那些流氓蝉不停地一边叫一边往下泄尿,这真是让人够受的。然后王小民就睡着了,刚才垫在身下的报纸这会儿盖在了脸上,那些树上的蝉可真能尿,一会儿泄一点,一会儿泄一点。但王小民还是很快就睡着了,因为那种事说实话也挺消耗体力的,尤其是对胖子来说。睡觉这种事好像是会传染的,后来乔其也睡着了,她也用一张报纸盖着脸。结果那天王小民一连吃了十个烙盒子,那才真算是一个纪录,把乔其吓得够呛。乔其和王小民喜欢来这地方吃烙盒子就是因为这里的简单方便,烙盒子,再要一个清淡的丝瓜汤就可以了,如果胃口好当然还可以要一些蔬菜,但这种时候不多,更重要的是这里可以想坐多久就坐多久,还可以喝免费的茶水,虽然那茶水连一点茶的味道都没有,但乔其和王小民就是很喜欢这个地方。他们喜欢在这里说话,有时候还会看看自己带来的书。乔其最近看的一本小说叫作《守望草垛》。

王小民还在吃他的烙盒子,发出呼哧呼哧的声音,一个人只有爬山的时候才会发出这种喘息,而且是爬很高的山。

乔其对王小民说:"别忘了晚上要去马伟家,所以你现在最好别多吃。"

王小民头也不抬,说:"我多吃了吗?"

但下一盘烙盒子再端上来的时候,王小民好像更管不住自己了,吃得更快。

乔其看着王小民说:"王小民。"

王小民抬起头来,看着乔其,呼哧呼哧。

"你知道不知道你吃了几个了?"乔其说。

王小民看看放烙盒子的那种很大的盘子,再看看乔其,她盘子里的那一个烙盒子还剩半个,乔其吃饭总是很慢。

"我再来一个就行。"王小民说,"要不我晚上就没劲。"

乔其看了看旁边的那一桌,那桌的人肯定没听到王小民在胡说什么。

"你什么话都敢在这地方说。"乔其小声地说。

"我说什么了。"王小民也看看那边,笑了一下,他这时已经又把一个烙盒子吃掉了,他看着盘子,又看看自己的手指,手指上都是油。王小民几乎每一根手指都有乔其的两根那么粗。

"你说什么了,现在是中午,谁让你说晚上。"乔其说。

"其实我饭量不能算大,我一般从不多吃。"王小民把身子往后靠,椅子猛地咯吧一声响,把周围的人都吓了一跳,饭店的椅子还算结实,但乔其还是很担心王小民会把它坐垮了。

"我一定要给你把那个视频找到。"乔其说。

王小民一吃起东西来就会把所有事都忘掉:"什么视频?"

"就那个胖子摔倒爬不起来的视频。"乔其说。

"吃饭的时候不要说胖子好不好。"王小民说。

"你少吃点我就不说。"乔其说。

"你最好不要对着胖子说胖子。"王小民说,"这不是个事。"

"好。"乔其看看两边,"但你以后吃饭要慢点,多嚼嚼,肚子里就会产生一种饱胀感,肚子里产生了饱胀感就不会再想继续吃了,人也不会发胖。"

王小民说:"你吃你的,其实我真的没吃多。"说话的时候王小民已经又把一个烙盒子夹到了自己的盘子里,"我看我还要再来一个,我其实没多吃。"

乔其不再说话,她可怜巴巴地看着王小民,她觉得他已经够了。

"你说什么,你说今天晚上能让我看到什么?"王小民忽然想起什么了,小声问乔其,其实他明白自己这是在讨好乔其,怕她生气。

乔其不想说话,她只希望王小民不要再吃。

"你是不是说晚上能看到那个磁铁?"王小民说。

"晚上马伟那里有许多好吃的。"乔其说,"这可是他从西藏回来头一次请咱们吃饭,这次那个磁铁也跟着去了,问题是磁铁没工作,他花的钱都是马伟给的。"

王小民说:"问题是你要告诉我能看到什么?是不是就是那个磁铁?"

乔其就笑了一下,说:"是,是那个叫磁铁的大男孩儿。"

"呵呵。"王小民马上也笑了起来,说,"什么大男孩儿,都快三十岁了,这可真是一件很传奇的事,你最好听听马伟亲自讲一下他是怎么认识他的。"

"咱们一会儿去下超市。"乔其说,"应该给马伟买点什么。"

"马伟这家伙真有意思。"王小民不吃了,拍拍手,终于停了下来,他从纸盒子里抽出几张纸擦了擦手,把身子往后靠了靠,身体忽然发出了卟卟的两声,好像肚子要爆了,所以,王小民又把身子欠了欠,把裤带松了一格,这样肚子会舒服一些,王小民说自己吃饱了就不想动了,他想抽根烟,喝点茶,最好再多坐会儿,这时候外边很热,出去就是受罪。

王小民朝那边招了招手,又用手指了指餐桌上的茶壶。

服务员提了个暖瓶过来,给壶里加了水。

"太淡了,没一点茶味儿。"王小民看着服务员。

服务员已经走开了,好像根本就没听到王小民在说什么。

"马伟这家伙太有意思了。"王小民对此并不在意,他只要一吃饱脾气就会变得很好,王小民开始说马伟的事,乔其知道的关于马伟的事,差不多都是从王小民这里听来的。有一阵子,王小民总是在说马伟的事,王小民对乔其说:"你知道吗,马伟是个动物爱好者,先是养狗后是养猫,还养过那种只会喳喳乱叫的小鹦鹉,还养过一条小蛇,一只挺大个儿的龟,那只龟可真是太大了,有时候马伟就坐在那只龟上跟朋友们说话。大龟一动不动的时候朋友们还以为那是把椅子。"

"你说点新鲜的。"乔其又开始弄她的手机,王小民一抽烟她就放心了,这说明王小民不会再吃了,她想把那个胖子摔倒在地爬不起来的视频找出来,但手机好像出了什么毛病。

"那条腿啊,你想都想不到会有多么粗。"乔其对王小民说。

"你说什么?"王小民说,"你怎么又说这个。"

"待会儿你就知道我说什么了。"乔其用手指把手机划来划去。

王小民忽然笑了起来,那我就说点新鲜的,你肯定没听我说过。

"有什么新鲜的。"乔其的两只手继续在手机上划,她知道王小民又要开始说马伟了。

"就马伟那条叫黑子的狗,可是太有意思了,那时候马伟还没结婚,还住在离公园不远的那个小区,吃完晚饭他总是要带着那条狗去公园走走。那天就出事了。"王小民看着乔其,"你猜出了什么事?"

乔其没说话,她在划她的手机。

"你听我说话好不好,要这样,你眼睛迟早会出问题。"王小民对乔其说。

乔其停了一下,看看饭店窗外,只看窗外那棵树,她认为绿色可以把眼睛的疲劳一扫而光，她看了一小会儿，又闭了一下眼睛，也只一会儿，马上又低头划手机。

王小民让乔其猜一下马伟带着那条叫黑子的狗会出什么事。

"咬人，还能做什么。"乔其头也不抬地说，"它又不会拉出块金子。"

"问题是马伟遛狗的时候天都黑了。"王小民说。

乔其把杯里的水喝了一口，她也有点口渴，她估计是烙盒子里的味精放多了，饭店总是这样，很舍得放味精。王小民又给乔其的杯子里加了水。

"你也不问问是什么事。"王小民看着乔其。

"狗能有什么事，除了把人咬了还能做什么。"乔其说。

王小民就笑了起来，说："马伟拉着那条狗从小树林过的时候狗突然挣脱了链子一头就钻进树林里去了，狗一进去，马伟马上就听到了尖叫。"

王小民停下来，说："你根本就想不到会是什么事，那时候天都黑了。"

"能有什么事?"乔其说。

"是一男一女在树丛里尖叫。"

乔其看着王小民，有点明白了，像是知道是怎么回事了。

"接着说，你别停。"乔其说。

"一男一女正在里边光着屁股，差点没让马伟的狗吓死。"王小民笑了一下。

乔其不看手机了，看着王小民，这种事，一般人真还想不到。

王小民说马伟这家伙就是和别人不一样，他把狗从树丛里拉出来他不走，一直等那一男一女穿好衣服从树林里出来，马伟还不停地跟人家道歉，还问人家："有事没？有事没？"人家那一男一女根本就不理他，马伟还跟着问："有事没？有事没？"

王小民笑了起来，乔其看着王小民，觉得这事其实一点都不好笑。

"乔其。"王小民不笑了，他叫了一声乔其的名字。

"干啥？"乔其说。

"我好不好再来瓶啤酒？"王小民说，"要不我就真要犯困了。"

"说好了只来一瓶，啤酒会让人发胖。"乔其说。

"你也来一瓶不？"王小民说。

"我也许马上就找到了。"乔其说,"让你看看,那条腿啊,可真粗。"

王小民已经朝那边招了手,这时又有客人从外边进来了,因为这个烙盒子店紧挨着公园,所以几乎一天到晚都有客人。服务员过来问有什么事,马上就把啤酒拿了过来。

"这才叫啤酒。"王小民喝了一下,说啤酒要是温度不对头就跟马尿似的。

王小民又朝那边招手:"再来点冰块儿。"

服务员马上就把冰桶拿了过来,放在桌上,砰的一声。

"声音是不是有点太重了?"王小民对那个服务员说。

那个服务员好像根本就没听到王小民在说什么,已经走开了。

"别找碴儿。"乔其说。

"我不能什么也不吃就这么干喝啤酒。"王小民说,"我其实也没吃多少。"

王小民的话让乔其紧张了一下,乔其看着王小民,知道他什么意思。

王小民把盘子里的一个烙盒子拿起来又塞到了嘴里,咬了一口,烙盒子的四分之一就没了,又咬了一口,烙盒子的一半就没了，再咬两口，烙盒子就像变魔术一样不见了。

"我其实没吃多少，真的没吃多少。"王小民鼓着腮帮子说，"我现在够节制的。"

乔其叹了口气，没再说什么，她想不起那个视频去哪儿了。她想让王小民看看那个视频，看了之后也许王小民就不敢这么吃了。人要是吃那么胖就成废物了。

乔其把手机关了又重启了，她的手指纤细好看，刚结婚那阵子王小民总是爱把乔其的手指含在嘴里才能入睡，后来乔其不敢再让王小民含了，怕他错牙的时候把自己的手指给咬掉。那时候，他们总是十分迷恋对方的身体，但现在乔其睡觉的时候很怕王小民一翻身不小心会把自己给压断一件子，比如胳膊，或者是腿，王小民现在实在是太胖了。

从饭店出来，王小民和乔其去了超市。然后，去了马伟家。

马伟没过来开门，他在厨房里忙，其实不是忙，而是瞎捣鼓。朋友们都知道马伟其实不怎么会做菜，他只是吃得多见得广，肚子里有不少花样，一会儿这个花样，一会儿那个花样；朋友们都说马伟是肉食动物，马伟的冰箱里除了肉几乎就没有别的东西，他最拿手的好菜就是用油煎午餐肉，有一阵子，马伟总是吃这东西,在外边野营,他也吃不上别的什么东西,艺术家一般来说都是肉食动物,说得好听一些是肉食者。马伟最拿手的就是把那种长方形的午餐肉从罐头里取出来切成很薄的片然后放锅里煎,煎好后再往上边拧些大颗粒胡椒,这个菜下酒很好。要不就是用那种豆豉鱼罐头,一次用十多听这样的罐头,把鱼从里边取出来和许多红辣椒放在一起炸,一直把鱼炸酥了,再撒些白糖在上边,这个菜也是下酒的,罐头里剩下的豆豉再用来炒一个随便什么青菜。马伟虽然不是什么好厨师,但他捣鼓出来的菜特别适合喝酒,所以朋友们总是到他这里来,一喝就是大半夜。后半夜的时候他们也许还会吹会儿口琴,各种乐器里边只有口琴在半夜三更的时候听起来才不那么吵人。

王小民敲门的时候,过来开门的就是那个外号叫磁铁的小年轻,人精瘦精瘦的,而且黑,真黑,像个黑人,所以,眼睛就很亮,这很合马伟的口味。所以马伟无论到什么地方都愿意带着他。王小民让乔其先进,乔其进屋的时候王小民在她后面用手指轻轻点了一下,乔其就什么都清楚了,换完拖鞋王小民才小声地对乔其说:"真像块磁铁。"说这话的时候磁铁已经去了厨房,厨房里还有不少事要做。送外卖的刚才来了一下,磁铁要帮着马伟把那些个菜都装到盘子里去。马伟的那些朋友早来了,他们已经喝开了,那几个女朋友正在看马伟从西藏带回来的照片。

"你们都喝开了。"王小民对那几个朋友说。

"我们在等你,还没上桌。"有人说。

有人马上把一杯啤酒递给了王小民,那些人的手里都端着啤酒,他们和王小民碰杯,杯子哗啦哗啦的,是冰块儿。他们也是王小民的朋友。

乔其跟那些朋友打过了招呼,她本来想先去厨房看看,把从超市买的酒拿给马伟,但她打消了去厨房的念头,她把带来的葡萄酒放在餐桌上,是三瓶"雷司令",这个牌子的葡萄酒现在不多见了。餐桌上满满当当的东西让乔其吓了一跳,乔其倒抽了一口气,餐桌上怎么会都是肉?一盘一盘的肉,几乎没有蔬菜。这对王小民绝对是一个诱惑。

王小民已经把那杯啤酒干了,他又给自己倒了一杯,乔其跟在他身后边。"这么多好吃的东西,你不也来一杯?"王小民对乔其说。"都是好吃的,这么多,都是我爱吃的。"王小民又说。

"还有酱猪肚呢。"王小民说猪肚是他最爱吃的,尤其是酱猪肚。

乔其打了一下王小民的手,因为王小民已经把一片酱猪肚用手指拿了起来,不但拿了起来而且已经送到了嘴里。

"我一吃就知道这是朱家桥的。"王小民已经进了厨房。

厨房里真是乱得可以,地上也乱得可以,案子上更乱,待会儿要炒的菜也都准备得差不多了,可以先喝了。马伟是个酒鬼,他穿着一条围裙,那是条砖红色的很大的围裙。围裙的前边有一个小口袋,里边插着一把口琴,有时候,马伟会把口琴取出来吹一下。王小民跟在他后面,磁铁留在厨房里,他准备给大家煮面条,当然不是现在煮。

马伟和王小民从厨房里走了出来,马伟招呼大家坐,说:"还等什么,菜多得放不下,吃得差不多的时候再上。"

"先把啤酒都干了,都换白酒。"马伟说。

"女人们都别看照片了,我很快要出画册的,到时候每人一本。"马伟又说。

那几个女的,也都是马伟的朋友,正在看照片,这会儿都把照片放下了,坐了过来。刚坐下又马上站起来,开始干杯。

碰杯的时候,马伟问王小民:"你老婆呢?"

"是不是在洗手间。"王小民说。

"去去去,什么洗手间。"马伟已经看到了,因为他站在靠窗台这边,可以看到露台,乔其在露台上。"乔其在给谁打电话,让她吃完再打。"

王小民马上去了露台,马伟的露台上种了不少薄荷,都已经开花了,紫色的花,很碎,不香不臭没什么味儿。

王小民对乔其说:"进来进来,快点。"

乔其对王小民说:"我一定要你看那个视频,你必须看那个视频,那个人胖到摔倒在地都爬不起来,我必须让你看,你不看不行,你之所以这么吃是因为你没看到过那个视频。"

乔其的手机被她自己搞出毛病了,这时又死机了。

王小民不再说什么,看着乔其,把手慢慢伸进自己的口袋里,把手机掏出来点开,然后递给乔其。

"是不是这个?"

乔其把脸凑过去。手机视频的画面上,那个巨大的胖子正坐在地上,身子是侧着,看样子他正在试图爬起来,但他无法让自己从地上爬起来,他的周围,有许多人在走来走去……

爱 人

　　黄小春去机场接马丽,行李可真是多,后备箱放不下,黄小春只好把东西都放在了后座。黄小春对马丽说:"我实在是有点忍不住了。"

　　马丽明白黄小春的意思,马丽对黄小春说:"很快就到家,很快就到家。"马丽在非洲已经待了快一年了,她还要在那边再待上两年才行,三年里,她可以给家里挣不少钱,这次回来算是休假。

　　黄小春一边往车上放行李一边又说:"我真是有点忍不住了。"

　　黄小春把车开动了,车一下子就快了起来。

　　马丽说:"别开这么快。"

　　黄小春说:"要不我把车开到树林里去,我实在是等不及了。"但黄小春很快就打消了这个念头，因为后座上放满了东西。

"到家再说吧，马上就到了。"马丽说。

黄小春说："恐怕没时间了。"

马丽说："你这话什么意思？"

黄小春说："祖根说好了要给你接风，都准备好了。"

黄小春已经把时间算好了，从机场往家里走要走一个多小时，到了祖根家，差不多正好是六点半，所以就不能先回家了。"要先去祖根那里，因为那边都已经准备好了。"黄小春又说了一句。

马丽把黄小春的手从自己大腿上拿开，那只手正在往里滑。"好好儿开车。"马丽又说，"我们能不能明天再去？"

黄小春说："这样不好吧，祖根都已经准备好了，还有德国黑啤酒。"

这时候马丽看到了路边那只被车压死的猫，就躺在路边，已经扁了，或者都已经快要给风干了，马丽说："看那只可怜的猫。"

黄小春来的时候已经看到了，说："我知道，要多瘪有多瘪。"

黄小春和马丽一共养了三只猫,所以黄小春在马丽不在家的时候一般很少出门,黄小春发誓说下辈子再也不养任何宠物了,宠物就是根绳子,能把人拴得死死的,什么也别想做。

黄小春在进祖根家门的时候又看了一眼马丽手里拿的那件被报纸包着的礼物,那是件挺大的乌木木雕,有一尺多高,是马丽从非洲那边特意给祖根带回来的,她每次从那边回来都会带些礼物,都是木雕什么的,一件一件都会包好,哪一件送给谁她都会认真做好记号,然后再用报纸包好,她这次要送给祖根的是个人体,有两个很大的奶子,但两腿之间又有一根很大的那东西,垂着,也有朝上挺起的,但马丽还是选了下垂的。"挺好的。"黄小春已经看过了,他认为把这件木雕送祖根很好。祖根是个艺术家,基本上只画油画,但有时候也会搞搞版画,因为祖根的父亲是个版画家。搞版画的时候祖根总是说一个油画家不搞搞版画是画不好油画的。画油画的时候祖根却又会说搞油画的人不搞搞版画是画不好油画的。祖根还说真正的艺术家一生下来就八十岁,但死的时候也许还不到十八岁,艺术家都这样。

"他会高兴死。"黄小春说。

门开了,祖根的爱人小青冲上来抱了马丽一下。

黄小春换鞋的时候,祖根手里拿着个铲子从厨房那边过来了。

祖根的脸红通通的,不知怎么回事,怎么会那么红?黄小春看着祖根,不明白祖根的脸怎么会那么红。"都准备好了。"祖根说,把铲子递给身边的小青,把马丽的木雕接过来,报纸打开时,祖根"啊"了一声,就好像他从来没有看到过木雕。"真刺激。"祖根说,又把木雕递给小青。小青也说了声"真刺激"。然后又把木雕递给了祖根,祖根就把它放在一进门的架子上,这样一来,不管是谁从外面进来第一眼就能看到这个既长着一双大乳又有一根那东西的木雕。

"真够刺激是不是?"祖根对黄小春说。

"我觉得你会喜欢它。"黄小春说。

祖根抱了一下马丽,然后问黄小春是不是现在就开饭。

"菜早就准备好了。"小青说。

"我们今晚可是要早点回。"黄小春在一旁说。

"我们是从机场直接来的,连家都没回。"黄小春把这话又说了一遍。

"急了?"祖根笑着说,笑得很暧昧。

黄小春懂得祖根的这种笑,也就跟着笑起来。

祖根看了看自己的手指甲,说自己刚刚洗了澡:"早上跑步出了一身汗。"

"所以这时候洗澡。"黄小春说。

祖根又回过头看看那木雕:"真够刺激的。"

马丽已经坐在了餐桌边,她嗅了嗅说:"好长时间没吃鱼了。"

"青鱼。"祖根说,"保证新鲜。"

小青倒了两杯德国黑啤酒过来,他们就喝开了。小青又把热菜从厨房端了过来,凉菜早就在桌子上摆好了。马丽也跟着去了一趟厨房,她帮着把一大盘红烧肉端了过来。"好香。"马丽说。他们就正式开始了。他们一开始都喝啤酒,黄小春看着马丽笑了一下,指指嘴,马丽马上明白了,是嘴唇上的啤酒沫子,她抹了一下。黄小春又伸过手去帮她擦了一下。

"喝啤酒都这样。"祖根说。

马丽说她很爱吃啤酒的沫子。

"这啤酒挺好。"小青说。

"小春你喝啤酒别那么快。"马丽说。

"不能太慢,因为这是啤酒。"黄小春说。

"这温度正好。"祖根说要不要加点冰块儿。

"我要来点。"黄小春说喝啤酒吃红烧肉是中国的吃法。

"在德国还不是啤酒加咸猪手。"祖根一边说一边去了一下厨房,说猪手上有时候会有许多毛,上次在德国就碰到带毛的猪手,都快吃完了,真恶心,问题是快要吃完了才看到毛,想吐都吐不出来。

马丽这时候把餐桌上的一本影集拉了过来,那本影集可真够大的,马丽想看看影集,她去非洲的时间可真是太长了,她一回来就什么都想看看。小青说她刚才往影集里放照片来着,小青也就随着马丽看影集。她们总是爱看影集,吃饭的时候也不例外,她们一边吃一边看,马丽忽然小声地叫了一声。

"看到什么了?"黄小春朝马丽那边看了一下。

马丽就把影集推给黄小春,里边那张照片是在黄小春家拍的,黄小春一眼就看出来了,那是自己家的客厅,那张餐桌,餐桌上那个玻璃盘,那个鸽子铜烟缸,还有那个铜餐铃。但黄小春不知道马丽让自己看照片上的什么。"你再看。"马丽说。黄小春看看马丽,还是不知道马丽要让自己看照片上的什么。"你再看。"马丽又说。"你看看上边还有什么。"马丽说。黄小春又喝了一口啤酒，加了冰的啤酒很爽。"不知道。"黄小春说，他还真是不知道马丽要让自己看照片上的什么，照片上的四个人就是他和马丽还有祖根和小青。但黄小春忽然想起了什么，一下子兴奋起来，他对马丽说："你这次回来我有大礼物给你。"马丽马上抬起头，说："什么大礼物？"黄小春说："大礼物就是很大的礼物。"马丽说："你总是这样，你说是什么礼物？"黄小春说："你回家就知道了，会给你一个惊喜。"

"你总是这样。"马丽说，"你现在就告诉我。"

"你回家就知道了，我想让你惊喜。"黄小春说。

"到底是什么东西？"马丽看着黄小春。

"在非洲想洗个澡可是太难了，这我知道。"黄小春把一块儿红烧肉放到自己的盘子里，然后再放到嘴里，嚼起来。

"你告诉我是什么礼物？"马丽又问，这让她很兴奋。

"现在不说。"黄小春说。

"我要你说。"马丽说。

"说了就没惊喜了。"黄小春不说。

"我猜猜行不行？"马丽说。

"你猜不着。"黄小春说，"神仙也猜不着。"

"我有那么笨？"马丽说。

"这不是笨不笨的问题。"黄小春说。

"我起码比你聪明,你看着照片都不知道我要你看什么。"马丽说。

"这倒是,我再来一杯。"黄小春把杯子朝祖根那边推过去,又说这个红烧肉可真不错,是世界上最好的红烧肉,趁祖根往杯子里倒啤酒的时候,黄小春又往自己的盘子里放了一块红烧肉,然后再放到嘴里,黄小春很爱吃红烧肉。祖根把酒递过来,又把冰块儿递过来,说:"为了我的红烧肉,来。"黄小春把杯子端起来和祖根碰了一下,眼睛却还看着马丽的手指。马丽的手指还在照片上移动,黄小春知道马丽还在让自己找照片上的东西,后来马丽的手指停了下来,黄小春凑过去,马上就知道马丽要让自己看什么了,黄小春叫了一声,是那个镶在镜框里的普通饮料瓶子,挂在黄小春的客厅里,一个很奇怪的东西,起码许多人都这么认为。

"是这个,我都差点忘了。"黄小春说。

"看什么?"祖根也凑过来。

"这个。"黄小春伸出手指。

"好啊,早就说过它真是有创意。"祖根知道黄小春和马丽在看什么了,那次他去黄小春那里,还是黄小春刚刚结婚的时候,房子重新装修过,一切都是新的,祖根第一眼就看到了那个镶在框子里的饮料瓶子。

"没人这么做,也许杜尚会,所以你很牛。"祖根当时还对黄小春说,"精致的框子里装着一个再普通不过的饮料瓶子。"

"好吗?"黄小春说。

"你天生就是艺术家,当然好。"祖根说。

"其实你不清楚我为什么要把瓶子放在镜框里。"黄小春对祖根说。

"是不清楚。"祖根说。虽然这事他早就听马丽说了,但他还是不清楚,那只不过是个普通的饮料瓶子,只不过是马丽多年前喝过的一个饮料瓶子,祖根知道那次是黄小春和马丽第一次见面,黄小春给马丽买了一瓶饮料,马丽从机场一路喝到黄小春的家里,后来马丽就把那个普通得不能再普通的饮料瓶子放在了黄小春楼上床边的那把椅子上了,这你就会明白了吧,那天他们接下来都做了些什么?情人们该做的他们都做了,到了后来,床响得可真是太厉害了,床响得厉害的时候也就是事情快结束的时候。黄小春喜欢在床头放把椅子,椅背上可以搭衣服,椅子上可以放放书和茶杯什么的,后来,到了后来的后来,马丽用过的空饮料瓶就一直放在床头的椅子上,一直就那么放着,直到马丽嫁给黄小春,也没人去动它一下,哪怕是挪动一点点地方。黄小春不让人们动那个饮料瓶子,直到后来它被放在了镜框子里挂在墙上。

"这是个纪念。"黄小春对祖根说。

"谁也不会相信一个空瓶子在椅子上放了那么长时间,想想也不容易。"祖根说,"打扫家怎么办?"黄小春说:"告诉清洁工不许动。"祖根说:"那不过是个饮料瓶子。"黄小春就不再说话,他也不知道自己该说什么,但黄小春还是说了:"那是马丽用过的瓶子。"祖根说:"那也不过是个瓶子。"黄小春又说不上话来了。这话马丽也问了他很多次,每次问马丽都很激动,马丽说:"黄小春你再说一句,你再说一句,你为什么让它在那里一放就是那么长时间,那不过是个普通的饮料瓶子。"

"那是你用过的瓶子。"黄小春说。

"黄小春,黄小春,你再说一遍。"马丽坐过来了,她激动了起来。

"那是你用过的瓶子。"黄小春又说。

马丽坐在黄小春的腿上了。

"那是你用过的瓶子嘛 。"黄小春又说。

马丽抱住黄小春的脖子了。

黄小春觉得自己有动静了。

"你再说一遍。"马丽说。

"我说了好多遍了。"黄小春说。

"你就再说一遍。"马丽说。

"好,那是你用过的瓶子。"黄小春说。

他们滚到床上了,他们都觉得自己不行了,他们必须做什么,否则他们都不行了。

这件事,其实许多人都知道了,当然包括祖根和小青,但小青还是想再听听马丽说这件事。"你就再给我们讲讲。"小青说,"那个镶在镜框里的饮料瓶子到底是怎么回事?"

"那是我们第一次见面的事。"马丽对小青和祖根说,用手指又轻轻点了一下那张照片,说:"别看它只是一个普通瓶子,但它可真是一件少见的工艺品,当时把这个普通得不能再普通的饮料瓶拿去装框子人们还以为黄小春的神经出了问题。"

"你来从头说说。"马丽对黄小春说。

"从头说就从头说。"黄小春说,"都五年了吧,那是我第一次见马丽,其实我和马丽的关系再简单不过了,我们先是在网上聊,聊得挺投机的,然后就约好见面,那天我给马丽买了一瓶

爱 人　155

纯净水。"黄小春用手指指了一下相片上挂在墙上的那个框子,如果不知道的人还会以为那是张画,谁也不会想那是一个装在镜框子里的一个普普通通的饮料瓶。黄小春说:"那天马丽就一直喝这瓶水,一会儿喝一点,一会儿又喝一点,然后就去了我家,那天马丽上边穿了件牛仔服,很短的那种,下边是条牛仔裤,一点儿都不像是医生。"

"小春说得对,我那会儿像还没毕业的大学生。"马丽说。

"往下说,去了家,然后怎么了。"祖根咧着大嘴笑了起来,他看一眼小青。

"然后怎么了?然后怎么了?然后怎么了?"黄小春也跟着笑了起来,"你当然知道然后怎么了,那还用说。"黄小春笑着看了一眼马丽。

"往下说往下说。"祖根说,"后来怎么样了,我们想知道。"

"还是你说说非洲的事吧。"黄小春对马丽说,"说说那边洗澡的事。"

"说吧说吧。"祖根对马丽说,"就说说在非洲洗澡的事。"他又和黄小春碰了一下,喝了一大口,喝完这一口,他又往杯里放了两块冰块儿。"听说那边的人一辈子都不洗澡,因为他们没有水,他们喝的水都是泥汤。"

"一个月吧,"马丽说,"一个月也许才能洗一次澡,问题是那边真没水。"

黄小春的脸突然亮了一下,他靠近了马丽,小声地说,其实黄小春不必小声,他的话屋里的人都听得到:"所以我要送你个大礼物。"

马丽说你又来了:"你说是什么大礼物,有多大?"

"你真忘了你想要什么了?"黄小春说。

"我想要什么?"马丽看着黄小春。

"上次回来,你说过什么? 你想不起来了吧?"黄小春兴奋起来了。

马丽看着黄小春,她真想不起来了。

"你一回家就会明白了。"黄小春说。

马丽想让自己想起来,但她真想不起来了。

喝完啤酒,小青又把切好的西瓜端了上来,但黄小春和祖根的肚子里都是啤酒,他们喝得实在是太多了,实在是什么也吃不下了,马丽也一样,她也吃得太饱了,都快要弯不下腰了。

"我从来都没这么饱过,都做得太好吃了。"马丽对小青说。然后他们就告别了,往外走的时候黄小春又看了一眼那木雕,上边是两个乳房,下边是一个很大的那东西。"非洲人真敢想。"黄小春说。"这才是艺术,"祖根用手摸了一下说,"这东西我太喜欢了。"黄小春和马丽从祖根家出来的时候马丽忽然又问了一声黄小春:"告诉我,什么大礼物?"黄小春说:"马上就到家了,到家你就知道了。"黄小春侧过脸,在马丽的身上闻了一下,他想沙漠就应该是这种味道,但黄小春又说不出马丽身上是一种什么味道。

"说实话,我从来都没跟你要过礼物。"马丽说。

"难道非要你开口要吗?"黄小春说。

"你说过,但你忘了,这回是个大的。"黄小春又说。

马丽觉得自己是被时差搞糊涂了,她什么都想不起来了。

他们就那么一直在浴缸里泡着洗着,已经快半夜了,他们谁都不愿意从浴缸里出来,这是个巨大的双人浴缸,两个人既可以交叉躺在里边,又可以面对面躺在里边,浴缸是那种淡黄色的,是马丽最喜欢的颜色。这个浴缸是马丽在非洲的时候黄小春找人安装的,是特大号的那种,既可以淋浴又可以泡澡,而且是两个人可以同时泡。这是马丽一直想要的,她都想了好久了。马丽此刻不停地说:"真想不到,真想不到你弄了一个这么好的浴缸,我说过的话我真的都给忘了。"马丽和黄小春说话期间,电话响了一下,黄小春光着身子跳出浴缸去接了一下,是祖根打来的,祖根问他们回到家没。过了一会儿,电话又响了,还是祖根,祖根也是喝多了,舌头有点打卷儿,祖根在电话里笑着说:"那个那个那个做了没?"黄小春说:"也许也许也许也许做了。"然后就把电话给放下了。黄小春又回到了浴缸里,可过不会儿电话又响了,黄小春说:"别去接,肯定是祖根的,祖根醉了,舌头都伸不直了。"但电话一直在响,一直在响,马丽说:"不接不好吧,人喝多了都这样。"黄小春说:"要接你去接。"马丽便去接电话,这次电话是小青打过来的,小青说:"你们怎么没开车?你们的车还在我们院子里停着,你们是怎么回去的?是不是走回去的?好家伙,按理说你们没有喝多。"马丽说:"不会吧?怎么会?我们怎么会没开车?我们是怎么回来的?"马丽放下电话又回到了浴缸里,黄小春这时都快要睡着了,闭着眼,其实他只是想闭一会儿眼。马丽说:"我们是喝得太多了,我们居然没开车,我们是怎么回来的? 一直走回来的?"黄小春睁开眼,说:"咱们擦干身子睡吧,咱们也该睡了。"马丽却没有睡意,马丽要黄小春再说说,说说浴缸的事,说说他为什么一直没使用这个浴缸的事,安装好了这个浴缸却一直没使用它,为什么?

"你再说说,为什么?"马丽说。

"还说什么?"黄小春说,"我都说了。"

"这个浴缸真是一年前就安好了吗?"马丽说。

"那还有假。"黄小春说,"一个人最好的品质就是不说假话。"

"你再说,你安装好它为什么一直都没有用?"马丽觉得自己又激动了起来。

"我跟你说。"黄小春说,"我说过第一次使用这个浴缸一定是要和你在一起。"

"所以在此之前你洗澡就一直去外边洗?"马丽说。

"对。"黄小春说,"我把第一次给你留着。"

"天那么热你都不在这个浴缸里冲冲?"马丽说。

"对,给你留着,让你用第一回。"黄小春说。

"为什么?"马丽说。

"因为这是我送给你的大礼物。"黄小春说。

"黄小春!"马丽叫了一声。

"这是我送给你的大礼物。"黄小春又说。

"黄小春!"马丽又叫了一声。

这时候电话又响了,肯定是祖根的电话。

但黄小春和马丽谁都没去管电话的事,就让它那么响着,响着。

浴缸里的不少水给弄到了地板上,这时浴缸里的水像开了锅一样沸腾起来,水花四溅。

玻璃保姆

中年女人说要介绍小麦去天上白宫小区做事。

那是个有名的小区，小区虽叫天上白宫，但里面一栋栋的小楼并不是白色的。小楼都盖得十分漂亮，外墙是灰色花岗岩，房顶的瓦是红色的，这让小楼周围的树显得格外翠绿。小楼的窗和门都是磨砂玻璃，这就给人一种神秘感。你可以看到里面有人隐隐约约地走来走去，但是弄不明白里面的人究竟是做什么的。后来人们知道了，这天上白宫小区里住的大多是煤老板，他们很有钱，而且一般人都不知道他们这么有钱。这个小区，从买地皮、设计到最后完工，都是这些煤老板一起操办的，取名字的时候有人说："咱们做的是地下的'黑色'生意，那咱们的小区就偏要叫它'白'。"所以就有了"天上白宫"。天上白宫一共有三十栋两上两下的小楼，春天的时候竣工，到了秋天,就都住进了人家。这座城市的主要工业就是煤矿业,一般来说,煤矿很少开在城市的西边,由于这座城市的西边是山,所以煤矿就在城市西边的山下。而这天上白宫就在矿区与城市之间。为了方便,动工的时候还修了一条路,往东通向市里,往西直达矿区,这条路的中段朝南,和一条高速公路相连,可以直达北京。小区里有许多高级小轿车,这不必说,小轿车有什么好说,要说的是狗。一开始,人们知道住在七栋的那户人家养着一条漂亮的斑点狗,通常斑点狗的皮毛有些像奶牛,例如黑色或者棕色的斑点,这是常见的斑点,张老板家的斑点狗是蓝色的斑点,因而这条斑点狗与众不同,漂亮,少见。因为少见,所以主人遛它的时候就十分显摆,长时间地这里走走,那里走走,好像要让所有的人都看到。这狗是从英国带回来的,颇费周折,开检疫证明,上国际航班,好不容易带回国,然后再派司机把它从北京机场拉回来。这样的狗,可以说是主人身份的象征。因为在天上白宫这一带就只有一条,所以这条斑点狗就更显得稀罕了。去年有人提出想让这条斑点狗配种一窝小狗,当时就遭到了张老板的拒绝,他略带愤怒地说这条斑点狗的血统十分高贵,怎么可以随随便便配种。后来,提出要配种一窝小狗的人又提出要给张老板一笔配种费,这更惹张老板生气了,因为他根本就不差钱，况且这不是钱的问题。提出要配种一窝小狗的人也住在天上白宫，是白流水煤矿的小周老板，他比张老板年轻得多，他家的狗也是一只斑点狗，但颜色是棕色的。和别人不同的是他家的小楼上有两个大锅底天线，都朝南。"朝北有什么用？"白流水的小周老板说，"北边没什么好看的频道，好看的频道都在南边。"

张老板家的斑点狗有个很奇怪的名字——玻璃，是张老板的女儿给起的。张老板的女儿在国外留学，其实是自费求学。张老板家的一层是客厅，方方正正的大客厅，客厅的西墙是顶到天花板的书架，而书架上放的却是各种各样的名酒，还有亮光光的假古董。两间正室都在南边，客厅的沙发中间是两个拼在一起的大茶几，茶几上有鎏金烟灰缸、景泰蓝花瓶、刻花的玻璃糖缸、多宝螺、俄罗斯风格的锡花瓶，还有泰国的佛像。但最珍贵的还要数那条蓝斑点狗。那斑点狗，居然还有床，是一张矮桌，桌上铺一块蓝色的垫子，就放在沙发的背后。斑点狗平时总是在上边卧着，一有人来，它就会跳下来汪汪地叫几声，似乎是"外语"，没人翻译得来；没人来的时候，它有时候也会汪汪地叫几声，这是"自说自话"。玻璃住在客厅，吃饭却在厨房,一个餐盘,黄色的大盘子,很厚重,很难碰翻,另一个是水盆,白色的很厚很重的瓷盆,这种水盆的好处也是不容易被碰翻,这些都是从英国带回来的。玻璃的食谱比较简单,一份鸡肝,一份白米饭,再加一份切得很碎的蔬菜,这是它小时候养成的口味习惯。早饭如此,晚饭也如此,午饭则是小鸡胸肉,或是牛肉条儿,是在宠物店买的,一条一条密封在易拉罐里,又酥又脆。张老板的老女人很喜欢喂玻璃吃中餐,那小鸡胸肉放在餐厅的一个抽斗里,只要抽斗一响,玻璃便会应声而至,老女人就会把小鸡胸肉一点点掰开喂它,一边"玻璃,玻璃"地叫着,叫"玻璃,过来"或者叫"玻璃,走开"。老女人使唤:"玻璃,叫一声。"玻璃便会"唔——"的一声。张老板的老女人总是"玻璃,玻璃"地叫着蓝斑点狗。在外边遛狗的时候尤其是这样,有时候蓝斑点狗跑远了,张老板的老女人便会把声音放得很尖:"玻璃——"她这么一叫,许多人都会吃一惊,一个穿着花花绿绿的老女人,忽然在那里大声叫出"玻璃"这两个字,是什么意思?张老板的老女人是从乡下出来的,穿衣服总是花花绿绿,她想讲究,却找不到自己适合穿什么,她身上的衣服每一件都不便宜,但没有一件合适,要么是一条绿裤子,上边有白色的碎花,要么是一件黑上衣,黑上衣上边是一朵朵红色的花。有时候天气很好,她却围了一条大花围巾出来,只露一点点脸。这样的一个老女人,身后跟着那样一条少见的蓝斑点狗,真是一道很少见的风景。张老板家的蓝斑点狗,冬天是要穿衣服的,有几件,黄色的,开口在下边,穿的时候把蓝斑点狗的四条腿从衣服的四个洞里穿过去,下边的暗扣扣好就可以了。这件衣服还有帽子,天冷时可以把帽子给狗套上。说帽子又不是,是把狗脸一下子套住的那种,但前边有开口,开口的地方是一个风镜,可以让狗看到东西。还有最怪的一件狗衣服是皮的,白色的兔皮,这兔皮衣服,茸茸的,给狗穿上一下子胖了许多,怪怪的。还有一件狗衣服,是蓝白两色条纹的,只有穿上这件衣服,张老板家的蓝斑点狗才像是外国的狗。更怪的是夏天,蓝斑点狗的身上会出现一把伞,可以把蓝斑点狗全身都罩住。伞是天蓝色的,用料轻薄,伞的下边有十字系扣,可以系在狗身上,系上这把伞,老女人带着它无论走到哪里都会吸引一片目光。但是系伞不能遇到刮风,有一次一阵大风吹来,这条蓝斑点狗几乎被吹到天上去。这把狗伞也是英国生产的,在中国虽然也有狗上衣、狗裤、狗背心、狗鞋,但就是找不到狗伞。只要张老板家的蓝斑点狗系上伞出门,那便是隆重登场,而且是名角登场。去超市或者街上,不少人都会呀的惊叹一声,并驻足观看。这

样一条狗,蓝斑点已经够稀奇了,竟然身上还系有伞! 狗居然
也怕晒太阳! 所以说,玻璃是张老板家的骄傲。没事的时候,
张老板只要在家,他也会时不时带着蓝斑点狗出去走走,显摆
显摆。有一天,白流水的矿长小周在小区里拦住了他,张老板
叫他小周。小周和张老板在报栏下站着,这天的报栏里有一张
报纸贴反了,他们就说报纸,说送报的太不负责,反过来什么意
思,是不是对工作有意见? 有鸽子飞过,他们就又说鸽子,说日
本已经配种出麻雀大小的蓝鸽子,又说天气,说今年热得有些
异常。张老板刚刚从北京回来,他经常在北京住一段时间,他
们便又说北京的房价问题。蓝斑点狗这时正撒狗尿,到处撒,
车的每一只车轮子上、墙角、树根。它绕着花圃欢快地跑了一
圈儿,又欢快地跑回来,在车轮子上嗅嗅,又开始新的一轮撒
尿。小周忽然说:"我新近买了一辆车。"什么意思呢? 张老板
不明白小周的意思:"说车做什么?"小周又说:"是新款路虎。"
张老板还是不明白小周老板的意思:"新款? 什么意思?"小周
老板又说:"咱俩换了吧?"小周说话的时候目光已经停留在蓝
斑点狗的身上。张老板便一下子明白过来,说:"我要三辆车
做什么?"张老板已有两辆车,一辆白的,一辆黑的,都是霸道。
那辆黑的总是停在院子里。张老板又笑着说:"光咱们小区路

虎就不止两辆,可我的蓝斑点狗你就再也找不出第二条。""不是人工染的吧?"小周笑着说。"这就是玩笑话了。一个星期洗两次。"张老板特别强调蓝斑点狗已经五岁了,"要是染的,怎么会洗来洗去。"

小周老板有些失望,但他很快又兴兴致勃勃地说起他的红龙鱼来,人们都知道,在这个小区里,他的红龙鱼,都一尺半多,一条就值二十万,小周老板喜欢养鱼、养猫、养狗,但他的狗,现在已经很少和张老板的蓝斑点狗在同一个时间出现,总是早一点,或者晚一点,直到他花大价钱也从英国买了一条蓝斑点狗。这条蓝斑点狗的毛色反过来的,是蓝底白点,更加醒目、漂亮,蓝毛较少,蓝蓝的毛上面有梅花鹿样的斑点。这么一来,一下子就把张老板的蓝斑点狗给比了下去。什么是较劲,这就是较劲,较劲的结果往往是较出气来。他明显是冲着张老板来的,这时候,张老板倒有些后悔了,后悔当初怎么不答应给他配一窝小狗呢。这一回,该轮到张老板的老女人尽量避开小周老板遛狗的时间了,这让她感到委屈,她受委屈发泄的方式只有一种,就是穿衣更加出格,她竟然在这个夏天用一双红皮鞋来配她的绿裤子,她随她的姑娘在英国住过一阵子,有了一点国外的印象,她在心里鄙视着周围的人,总觉得周围的人这不对那不对,自己却又没什么主张,只能常常用国外见闻来拾掇自己,却让人看了发毛,让人说不出她怎么了。但是,很快她再也不用遛玻璃了。一般来讲,有一种人是越有钱越有主意,而另一种人是越有钱越没主意,张老板属于前一种人,像许多有钱的人一样,绝对不容许别人超过他。他有了主意,他的主意是冲着小周老板来的。

"跟我比,你还嫩了些!"张老板在心里想。

就这样,小麦出现在天上白宫小区。小麦长得很漂亮,名字却起得让人有些不能理解,怎么就叫"小麦"?原来他的父亲是老农大毕业生,搞了一辈子小麦研究,女儿生下来,他便给女儿取名小麦。但这名字仔细想想也不难听,还有几分民间的丰盈感在里面。小麦从农大毕业后几乎天天都在找工作,但天天都碰壁,现在找工作真难,找一份月薪一千元左右的工作尤其难。这让小麦有些埋怨自己的父亲,给自己取了这样的名字还不算,考大学的时候为什么还非要自己报考农大,这下好了,因为是农大毕业生,她现在连工作都找不到。和她一起碰壁的还有农大的另外两名男同学。他们三个一直在找工作,但一直都找不到,所以他们在这个夏天合计好了,不能再到处乱跑着找工作了,他们的意见是:先开个宠物店挣点儿钱再说。于是,他们开宠物店了,店就开在西外门,天上白宫的东边,面对着植物园,门面极小。因为店小,所以店里边就显得十分拥挤,一进店门左边是红色的金属货架,货架上是一袋一袋的各种猫粮狗粮,还有各种花花绿绿的宠物玩具;右边各种的宠物用具和猫狗小屋,还有各种的塑料猫狗食盘,以及各种携带宠物出远门的笼子。除去这些,当然还有猫和狗。猫有波斯猫,白的,眼睛灰蓝。还有喜马拉雅塌鼻子长毛猫,鼻子和眼睛还有嘴都已经奔到了一处,像闻到了什么不该闻的东西,在那里痛苦着。狗是两条巧克力色的腊肠狗和一条见人就活蹦乱跳的小狼狗。店面里边还有间小屋。他们三个中的老大刘连群和老二王大帝现在天天都守在店里,宠物店来钱不多,辛辛苦苦做一个月每人也只有几百块钱的收入。但杂事特别多,买猫粮狗粮的,或者是抱着宠物来打针的,总是有人不停地进进出出。王大帝说:"这种日子也不错,不游手好闲了,要这么干一辈子,人也没什么渴望了。"刘连群马上放下大水杯说:"你说谁?说谁没渴望?我现在是太渴望女人和钱了。"刘连群长得高大英俊,当着小麦的面什么话都敢说。他们关系太好了,好到什么地步,好到他们之间像是没了性别差异。

前几天,他们的宠物店里有了情况,就是那个中年女人,她来买狗粮,是这店的老顾客,她对小麦看来看去,说:"好啦,就是你。""什么意思呢?"小麦说,这中年女人说是要给小麦介绍工作。这个中年女人,胖嘟嘟的,总是来买狗粮,买十斤装的那种,没过两天又来。"你的狗也太能吃了吧?"刘连群对这个中年女人笑嘻嘻地说。这中年女人来了就特别爱和刘连群说话,眉眼都在刘连群的身上,还总是坐在刘连群身边不走,宠物店里味道很难闻。"你怎么也不嫌难闻?"王大帝说,"这地方又不是咖啡厅。"这中年女人说她早习惯了。她照顾小狗又不是一天两天。她说她主人家的狗是斑点狗,不是黑斑点也不是棕色斑点,是蓝斑点。"蓝斑点?"刘连群看看王大帝说,"有蓝斑点吗?还没听说过有蓝斑点。"这中年女人,买了狗粮,总是说一会儿话才走,下了宠物店外边的台阶,过了马路,站在马路对面还朝这边摆手,好像是专门和刘连群摆手,因为王大帝摆手的时候她一点点反应都没有。

这时候外边恰好下雨了,夏天的雨说来就来,很大的雨点顷刻间打得玻璃唰唰响。小麦扬着手出去,把那盆总是在开花的杜鹃搬了进来,那盆杜鹃总是在开花,但雨水一旦落到花心去,花很快就会变黑。因为下雨,可以看到很多人这时已经躲到了植物园门口的蛋糕店里,蛋糕店在花园的南边,植物园的北边还有一家渔具店,这两家小店总是挤着许多人,现在的人就更多,都挤在一起避雨,等着雨停。雨下得很大,夏天的雨向来都是这样,像突然发了脾气。因为下雨,刘连群和王大帝手忙脚乱地把关宠物的笼子都放到露天处,让雨水替他们清洗粘在上边的狗屎猫尿。从笼子里给放出来的猫猫狗狗一下子都给赶到了里边的小屋,小屋里顿时一片沸腾,猫猫狗狗各自扯着嗓子乱叫。这时候看着外边的王大帝突然咧开大嘴笑了起来,因为他看到了对面那辆搬家公司蓝色的大车,由于下雨,车上的搬运工真是会节省,这时候都脱光了,在往身上打肥皂,头上、脚上、身上都是白花花的肥皂。"他们在雨里洗澡呢。"刘连群忽然站起来说,"咱们也脱光了,也到雨里给小狗洗一洗。"说着他已经在那里脱衣服了,把衣服甩到了一边,身上只剩下白色的小裤衩。王大帝嘻嘻哈哈地也把衣服脱了,王大帝穿的是一条平角条纹短裤。他们俩光着身子,把那两条小腊肠狗从小屋里喊了出来,对面的人马上喝彩,他们看刘连群和王大帝在宠物店门口的遮雨板下给两条小狗打肥皂,肥皂把小狗打得白花花的,打完了肥皂,刘连群和王大帝把两条小腊肠狗拖到了雨里,可就在这时候雨突然又停了。刘连群和王大帝都赤裸着,望着天,两条小腊肠狗身上都是肥皂,它们都有些怒了,不停地把头甩来甩去。对面的人,望着这边,有人在笑。

"这雨怎么说来就来说走就走。"刘连群拿着他那块琥珀色的肥皂抬头看着天。

小麦早在店里笑得前仰后合,在里边敲敲玻璃,不知在说什么。

雨虽然停了,但宠物店旁边的落水管还在哗啦啦地泻着水,刘连群和王大帝把小狗冲干净了,又把自己的脚冲了冲。这时候雨又重新下了起来,街上的人又挤到了对面的商店门口。这时候中年女人不知从什么地方蹦了出来,打着一把花花绿绿的小伞,她一边收伞一边退着从外边进宠物店,说:"看看这雨,看看这雨。"一边又对外边的刘连群说:"喂,你怎么,好家伙!只穿一条短裤?""我也只穿一条短裤啊。"王大帝把两条腿一抬,笑嘻嘻地说,"你难道只看到他看不见我?""你和他不一样。"中年女人说,"你比小刘胖。"王大帝用两手掐掐腰扭扭屁股说:"我不胖吧,我是结实。我实在是太结实了,结实到我自己都受不了啦。"王大帝笑嘻嘻地说。"不跟你开玩笑了。"这个中年女人说她还有正经事,她转过身对小麦说:"十点钟,十点钟你必须到天上白宫。"她说她刚刚接到张老板的电话,他今天有时间。

"十点钟,你去,你就有戏了。"

天上白宫小区这几天到处弥漫着花香,是丁香的第二季花,丁香的第一季花开在春天即将过去而夏天还没正式到来的时候,花型稍微大且花香也相对清淡一些,而丁香的第二季花则开在夏天,花虽小但香浓,浓得有些发腻,浓得让人喘不过气来。就在这样的季节里,小麦出现在天上白宫小区,好像小麦的出现,让天上白宫小区一下子又凉快了许多。小麦坐在沙发旁边的椅子上,张老板坐在沙发上,那条蓝斑点狗则卧在他们之间。小麦一进门张老板就笑了,说:"你的名字真是百里挑一,小麦就是白面,有白面吃就是好事。"小麦忍不住也笑了笑。张老板其实是个爱说话的人,他从小麦毕业的学校一直问到她的工作。问到后来,张老板对小麦说:"你很合适。"张老板告诉小麦,要她做的工作就是给玻璃做专职保姆。玻璃是谁?小麦在心里想,但她马上就意识到玻璃是谁了,就是面前的这条狗,那个中年女人对她已经说过了。"玻璃,玻璃。"小麦轻轻地叫了两声,那蓝斑点狗就站了起来。"灵吧,多灵。"

张老板说这条狗除了"灵"这一个字，还有两个字，就是"太灵"。张老板又笑了起来，他要求小麦吃住都在这里，工作就是照看狗，给狗定期洗澡，定时带着狗出去遛。张老板提了要求，别人遛狗要躲过小区里人来人往的高峰期，而小麦遛狗却要在人们进进出出的时候，也就是，早上人们上班的时候要出去遛，中午人最多的时候也要出去遛，还有晚上。张老板还对小麦说，她既然来这里是做狗保姆的，所以要有专门的服装。衣服的样式张老板已经想好了，就是蓝白条纹的布料，这种布料和玻璃最匹配，上衣做成大翻领，下边是同样料子的裙子。小麦穿这种料子的制服出去的时候，玻璃就一定要穿它的蓝白两条纹的狗衣服。因为现在是夏天，玻璃的衣服是很薄的纱，脖子周围有很花哨的荷叶边。张老板还给小麦定做了另外一套制服，就是淡黄色的大翻领上衣和淡黄色的裙子。张老板对小麦说，她穿这套衣服的时候，玻璃就一定要穿那件淡黄色的狗服，那淡黄色的狗服也是很薄的纱，在脖子那里同样是花哨的荷叶边。张老板是那种想起什么就马上要做什么的人，小麦现在才知道那常常去宠物店的中年女人是张老板家的保姆，她只负责收拾家，家里还有另一个女人负责做饭。张老板嫌小区外边那家裁缝太一般，特意让中年女人陪小麦去市里的一家大裁缝店去做衣服,衣服的料子薄,所以必须打麻衬,比如领子和对襟那里。这一道工序一般的小裁缝店就会免了。要说裁缝的手工,温州人的手艺也好不到哪里去,但穿在小麦身上,那衣服便显得格外的好看,但有那么点怪怪的,因为这种蓝白条纹的衣服毕竟穿的人少。一切就这么开始了,人们一开始并不知道张老板家请了狗保姆,只是看到了一个美人带着张老板家里的玻璃出来了,狗被小麦用皮链子牵着,人们看见就笑了,因为张老板的玻璃穿的狗衣服和小麦的衣服一致。小麦牵着玻璃,从张老板住的七栋出来,先往后走,后边是一大片草坪,草坪的周围都是健身器材,然后再从后边折回来往南边走,小麦带着玻璃走的路线都是S形,是绕着一栋栋小楼走,这路线是张老板给定的。张老板给小麦安排的时间是早上人们上班的时间,中午人们进进出出的时间,晚上人们出来纳凉聊天的时间。人们很快就知道了,张老板专门给狗雇了狗保姆,不但人长得漂亮,而且是大学毕业。人们只听过替主人做事的保姆,还没听过给狗雇保姆。刘连群给小麦打过电话了,问她的情况,比如都要干些什么?是不是要繁殖小狗?开个种狗繁殖场?工资又是多少?刘连群和王大帝都替小麦担心,怎么会只是喂喂狗、遛遛狗、给狗洗洗澡,一个月的工资就是四千元的高薪。

"真浑蛋!"刘连群说,"这个世界浑蛋! 居然还有给狗雇保姆的人!"

无论刘连群和王大帝怎么担心,小麦的工作确实如此,天上白宫的人们也都习惯叫她"玻璃阿姨"了。小麦带着玻璃遛来遛去的时候,还会带着一个塑料袋儿,玻璃只要拉了屎,小麦马上就会把玻璃的屎收到塑料袋里。张老板的老女人有时候也会和小麦一块出来,虽然蓝斑点狗由小麦牵着,但张老板的老女人还会时不时尖声喊:"玻璃——"比如,玻璃停下准备在墙角把一条腿抬起来时,张老板的老女人便会大声喊:"玻璃——"但蓝斑点狗已经把尿撒在墙上了。或者,玻璃又在一个车轮子上闻了又闻。张矿长的老女人又在那里喊了:"玻璃——"什么意思呢? 玻璃是全然不理会,继续专注地闻着。这一回,张老板的老女人不喊玻璃了,她喊小麦,她喊小麦的声音跟喊玻璃一样,很高很尖。"小麦——"喊过这么一声,她会很不高兴地对小麦说:"你也不管管它?"管谁呢? 管狗! 谁让小麦是狗保姆。小麦这么漂亮的一个姑娘,带着这么一条狗,后边又跟了一个花花绿绿的老女人,这真是少见的风景。这风景给谁看? 一般人当然不会知道,其实是要给小周老板看的。所以,张老板的老女人总是要求小麦带着狗多在小周老板的那栋小楼前多遛遛,多绕几圈。"玻璃——"张矿长的老女人又叫了,这回玻璃领会了,"唔——"地叫一声。马上,小周老板家里的那只斑点狗也在二楼的大晒台上尖叫起来,并且,像是要从晒台上冲下来了。小周老板当然也看到了小麦,一次次看到小麦在那里遛狗了,小周老板总是在收拾车库上的鸽房,这天他蹲在鸽房上笑眯眯地和小麦说话。他问小麦是哪个学校毕业的,学什么专业。他还对小麦说哪天请小麦看看他的蓝斑点狗,他的蓝斑点狗毛皮也是蓝的,斑点倒是白的。"很少见,相当少见。"小周老板说,"要比你手里牵着的这条狗少见多了。"

小周老板当然已经领略到了张老板的用心。

"妈的!"小周老板笑眯眯地在心里说。

在这个夏天将过秋天将来的季节里,天上白宫的人们又看到了什么?他们看到一个外国姑娘出现在天上白宫,这外国姑娘真是漂亮,人们很快就知道这是一个俄罗斯女孩。在这个城市里有很多俄罗斯女孩,她们大多待在大宾馆里,她们常常表演俄罗斯舞蹈,把腿一下一下踢得很高的舞蹈,她们成排地跳着这种舞蹈,很整齐。身上穿着俄罗斯传统的白裙子和绣花的红上衣。除了表演舞蹈她们还会做些别的,通常许多人都不知道她们还会做别的什么。但她们之中的一个,是出现在天上白宫的这个俄罗斯女孩,她肯定不再跳踢腿舞,现在她的工作相当简单,那就是给小周老板照顾那条蓝白斑点的狗。她除了遛狗几乎什么都不做,只偶尔看到她在小周老板家里的阳台上一边给蓝白斑点狗洗澡,一边唱着人们都不太熟悉的俄罗斯歌曲;有人看见她带着小周老板的斑点狗去超市,她不大会说中国话,她告诉那些和她已经熟悉的人,说她每个月挣到八千,她还叽里咕噜地说了一番,有人说她是在说她很爱这份工作,因为在她的故乡俄罗斯还没有狗保姆这种工作。

秋天到来的时候,小麦又回到了她的宠物店,张老板说照顾他家这种从英国远道而来的斑点狗,最好还是请一个英国人来。张老板是这么说,但他的那条蓝斑点狗现在是很少出远门了,也很少再顶着它的狗伞在人行道上走来走去。要出现也只是在张老板自家的那栋小楼四周,张老板的老女人带着蓝斑点狗在自家小楼四周走的时候,可以听到那个俄罗斯姑娘在唱歌,这时候,张老板的老女人便会大声喊一声:"玻璃——"什么意思呢? 谁也不知道是什么意思。紧接着,也许还会再来两声:"玻璃——玻璃——"

"玻璃——"张老板的老女人又在喊她的狗了。

小麦那边呢,听说她要去农科所上班了,接她父亲的班,去研究生长在大地上的小麦,但也只是听说。

桥

一

县里的人,怎么说呢?把那连栏杆都没有的水泥桥叫作"卡桑德拉大桥",这原是一部外国电影的名字,这部片子在小镇里演了又演,人们便把它叫作"卡桑德拉大桥","卡、桑、德、拉、大、桥",因为绕口,人们便又叫它"德拉桥"。桥实在是太老了,原先两边都有整齐的栏杆,但现在那栏杆早已像老人的牙齿一样一个一个都掉光了。桥没栏杆可以吗?当然不可以。镇子里的人整天在上边走来走去,车也过,人也过,挑担的也过,东跳一下西跳一下的小孩子也过,所以这里是年年出事,年年都要淹死人。桥下的水很深,站在桥上往下看,那水却是又平又稳,那平稳实际上只说明它的深,古人说的"深水不波"真是有道理。水再深,危险再大,人们也照样要从桥上过,桥两边的生活不会因为水深而有一天的间断,而且,人们往往还会忘了它的深,忘了它的危险。该下来推着车子走几步的,照样骑着车子过,对面有一辆车过来了,突突突突,是摩托车,这边恰恰也有一辆摩托车要过去,也突突突突的,两辆车谁也不停,谁也不让谁,是两个做生意的青皮后生,车上都驮着鼓鼓的蛇皮袋子,就那么风风火火互相擦肩而过,因为是擦了一下,两辆车都那么晃了晃,仄斜了一下,但还是开走了,把河边的人看得直冒冷汗。就这样一座危桥,常年出事,每出一回事,镇子里的人就都说怎么不修一修呢?这话对谁说呢?谁也不知道,这话说了有多久,人们也不知道。因为总是说,倒好像失去了意义,常常被人们挂在嘴边的话往往会被人们忽略了它的意义。于是,又有个小伙子掉在了水里,他没骑车子,他是附近工地上的民工,他吃力地挑着两筐从河里挖来的沙,憋红着脸和对面过来的人笑着,点着头,有人看见他已经吃力地走到了桥中间了,有人看见他突然像是一脚踩到了什么东西,两条腿连连往后退,他想停下来,但那两筐沙硬是不肯让他停下来,人就一下子重重地从桥上掉了下去。那掉在河里的小伙子叫宋建设,现在,他就静静地躺在河边那株老槭树下,既不会再去挑河沙也不会再感到疲惫,被一条很薄的棉被从头到脚盖着。

　　建设的父亲老宋从老家赶来,他只说有什么事要去一下城里,他先不敢把儿子的事告诉他女人,他独自坐了火车,然后又换了汽车,下了汽车他几乎是一路跑着,满头满脸的汗。出汗的脸什么样子? 就像抹了清油,给太阳一照,是满脸的紧张。县城里街上的人都很吃惊地看着这个奔跑的老宋,以为县城里又出了什么新鲜的疯子。老宋从县城的东门一直跌跌撞撞地跑到了河边,有人把躺在树下盖着被子的建设指给老宋,老宋这才停住,并且连连往后退,退了几步,停下,然后又连连往后退,不知要退到什么地方去。直到和建设一起打工的老乡们赶过来,老宋才猛地朝前扑过去,跌跌撞撞地伸着两条胳膊朝他的儿子猛扑过去。老宋看到儿子那一刹那,脸色比他死去的儿子还要白,但老宋没哭,却不停地用手抚摸儿子冰凉的脸。建设和老宋长得几乎一模一样,细眉毛,细眼睛,高挺的鼻子。儿子此刻的嘴微微张着,像是想要对他讲什么话,却永远不会再有那种可能。老宋一直没哭,身子却一直在抖,手也在抖。围在一边的人说这种事要哭哭才好,要不会憋坏的,应该劝他哭哭。"让他哭,放开声哭。"有人在旁边说。但老宋还是没哭,只是当人们把河上那座破破烂烂的桥指给老宋看,老宋才转过脸猛地哭了起来,老宋这一哭,把周围的人都吓了一跳,这是一声极其短暂的哭,一下子又停了。

老宋突然跳起身朝小桥奔去,和建设一起打工的老乡也跟着跑,怕他出事。

老宋上了桥,站在建设掉下河的地方,才又放开声哭了起来。

河水无声地流着,老宋站在那里哭,小桥的交通很快就被堵塞了。

卖菜的说:"这就是那个后生的父亲?"

卖豆腐的说:"恐怕是那后生的哥哥吧? 这样年轻?"

卖砂锅的说:"这次淹死的比上次淹死的那个岁数还小。"

卖鱼的说:"年纪轻轻多可惜。"

坐在那里的人说:"才二十多吧?"

"才十八。"和建设一起打工的小声地纠正了一下。

"建设——建设——"

"建设——建设——"

"建设啊——"

老宋对着河面悲怆地大喊了起来。

"建设啊,我的儿啊——"

"建设你个小王八蛋啊——建设——"

这时桥上围的人更多了,不知谁在那里小声地说:"恐怕要淹死九百九十九个人,县里才肯想起修这个桥。"又有一个人,走过来,拨开众人,拍拍老宋的肩头:"兄弟,你儿子已经去了,你也不要哭了,你只和县里去要赔偿,他们是应该赔偿的,上一次死了人他们也赔偿过,只不过你要连着去,一天不落地连着去,让你老婆也去,让你们全家都去!县里会给的,人心都是肉长的,当官的心也是肉长的,是人的心就没有用水泥做的,你也去,他也去,凡是出过事的都去也许就会引起县里的注意了,也许就会修桥了。"

老宋看着这个人,忽然又跺着脚大哭了起来,像个孩子,满脸的汗。

和建设一起打工的老乡忙把老宋从后边抱住了,怕他往河里跳。

"别拉我,别拉我,我要和我儿子多待一会儿,建设啊——"

"先打发你儿子吧。"那个人又说,说做什么事都要一步一步来,这人又对那几个和建设一同打工的人说:"你们快把人搀走,这河一掉下去就没救了,总不能再来一个!"

"建设啊——"

老宋悲怆地喊着,被人前拉后抱弄下了桥。

"建设啊——"

下了桥,老宋又挣脱了众人往桥上跑,又给人们拦了下来。

"建设啊——"

桥下的水流着,因为深,让人听不到哗哗的声音,而是咕咕声,桥下的水真是太深了。

二

日子像桥下的流水一样一刻不停。

建设的父亲老宋再次出现在德拉桥边是一个星期后的事。

县城里的人们说:"什么是来者不善,这就是来者不善,这个外乡人是来跟县里要儿子来了。"跟老宋一起来的还有建设的母亲,白天的时候,人多,老宋不便带自己女人过来,晚上,老宋带着自己女人到了桥上,有人看见桥上忽然有了火光,是建设的母亲在给儿子烧纸,桥上闪烁的火光映在了水里,燃烧的纸钱一片一片落在了河里随水漂远了。建设母亲哀哀的哭声从桥上传向了四方,她一哭,老宋就又跟上放声大哭,老宋一哭,老宋的女人反倒不哭了,她转过脸来,劝自己的丈夫不要哭:"再哭儿子也听不到,倒是把自己哭坏了,儿子在那个世界知道了不得安生。"建设的母亲比他父亲大几岁,但看样子要比建设的父亲大得多,头发染过,但白头发又从下边钻了出来,站在一起,她仿佛就是老宋的母亲,儿子一出事,她好像一下子更老了。陪着建设的父亲和母亲的还有他们的亲戚,他们都静悄悄地住在县城里的一家小旅馆里一起商量事。那家小旅馆就在桥边不远的地方,小旅馆的下边那一层开了澡堂,向南的房子又开了饺子馆,小旅馆东边的那株树上现在挂着一个白牌子,上边用红漆写着"迎宾旅馆 钟点房十元一小时可以洗澡"。旅馆里的服务员都知道了住在他们旅馆里的这些人就是前些日子掉在河里淹死的那个年轻人的亲人。怎么说呢? 好像县城里的这条河把那年轻人一淹死,这个小县城都欠了这一家人什么似的,小旅馆的服务员对老宋一家特别周到,又特别客气。县城小,人跟人就特别亲,一个外来的人,又那么年轻,一下子死在这里,怎么说,让人心里难受不难受? 人家的亲人都来了,个个都哭得眼睛通红,还有那个姑娘,小旅馆的人都说那姑娘是建设的同学,还说他两个恐怕是已经好上了,哭得跟什么似的。其实不是,那姑娘叫刘书花,她家里特别穷,读到高三眼看就要考大学了，家里却怎么也供不起她了，是建设把自己打工的钱拿来给了她，让她继续把学上下去。哭是会传染的，尤其是会传染女人，小旅馆的女服务员跟着哭完了还不行，还觉着应该再做些什么，做什么呢？她们自己掏钱从旁边的饺子馆给建设的亲人们买了些饺子，让他们吃，吃不下也要吃。这种感人的古风在别处已经相当少见了。

"身体要紧，为了让你们儿子放心你们也要吃几个。"小旅馆的女服务员说。

这么一来呢，好像是建设真是睁着眼在另一个世界里看着他们，而且建设无端端的好像就在云端上边朝下看着，老宋和他女人都各自吃了几个饺子，但味同嚼蜡。

"你再吃几个，你不吃，你儿子不会放心。"建设的母亲对建设的父亲说，说你再为建设吃几个，为咱们的建设，吃啊。

老宋又吃了几个，再让他吃，他说再也咽不下去了。

"是该让县里赔。"小旅馆里的人这时都一齐向着老宋一家，说那座水泥桥早就该修了，可县里就是不修！有什么道理不修呢？总是说修桥期间人们怎么过河，今天推明天，明天推后天，这难道也算是个道理？他们还给老宋出主意，要他们一家人马上就去找李县长，他们的道理是："人长到十八岁容易吗？十八岁得吃多少粮食？一火车皮！朝他要！"

但让小旅馆的人们吃惊的是，那天下午，别人都不见了，唯独只剩下老宋，其他的人呢，都悄悄走了，怎么来的又怎么走了，这些善良的乡下人。建设的亲人什么话都没说，什么话都没留下。小旅馆的人却还猜测是不是县里重新给他们安排了住处？在欢乐路门前有棵大槐树的那个招待所？是不是要解决他们的事了？但等了一天，没见人影，又等了一天，还是没见人影，天偏偏又下起雨来，雨绵绵不绝，也不见那些人回来，人们这才知道建设的那些亲戚已经走了，而建设的父亲老宋却留了下来，到这时，人们也都知道了是这个老宋要他的家人都先回去，他要留下来做一件事。做什么事呢？人们又都猜不出。但最后也有了答案，那就是老宋要和他的儿子多待几天，他怕他儿子寂寞。"人死了还会寂寞吗？"这话让人听了心酸。老宋的话让他的家人都吃了一惊，他们觉着老宋是不是脑子出了毛病？是不是急坏了？亲戚们不同意，怕他出事。可老宋是个说了就要做的人，一向不相信迷信的老宋说我儿子的魂灵就在那桥下，我就是要和他多待几天！他这么斩钉截铁地一说，他的家人就都没了话，只能你看看我我看看你。旅馆里的人们还知道了什么呢？还知道这一家人那天下午在旅馆的房间里起了一阵子争执。建设的亲戚都是河北大平原出小麦的地方的人,那里有大片大片的麦田,一眼望不到边,人走在里边就像是行走在海里,这里的人性就来得特别的质朴厚实,他们即使有了争执,也是低声细语,再加上出了这种事,谁还肯大声说话呢。老宋的另一个意思是儿子已经死了,他不会像别人那样为了儿子的死皮着一张老脸找人家县城要钱。他说建设活着的时候还把自己打工挣来的钱拿出来扶助村里的刘书花还有刘书文,再说,要回来的钱一是花着难受,每一张票子到时候都会让他想到儿子的死,二是钱再多还能花一辈子?他这么一说,他的亲戚们你看我我看你,都认为老宋是不是真是给急坏了,脑子是不是已经给急出了毛病,怎么连钱都不要。

"多少也得要啊,他们的桥要了建设的一条命,他们应该给!"建设的舅舅说。

"不要。"老宋说他不花儿子的这个钱。

"咱不要,那咱回去?"老宋的女人最了解老宋。

"我不回,我要多守几天。"老宋说。

"那我跟你一起守。"老宋女人说。

"不用。"老宋说,"让我一个人待待,要不我心里就要疯了。"

老宋的话说到了这个份儿上,他的家人便不再说什么,这是一家心地十分亮堂的人家,就像在心里点了灯,即使是出了这种事他们也心地亮堂知情知理。他们的身上有某种植物的气息,浩荡而阔大。无论碰到什么事都来得清清爽爽,毫不浑浊腌臜。

　　老宋没走,老宋没走他能做什么? 天还很热,人们看到老宋独自在桥上一坐就是大半夜,人坐在那里,两只眼呆呆地望着桥下,老宋的两只手是从来都没这样闲过,所以,两只手下意识地互相搓着,这只手搓那只手,那只手搓这只手,这是两只粗糙的大手,两只手搓起来的时候沙沙响,手搓手的时候老宋的眼就呆呆地看着河里,河里有什么呢,就是水,黑沉沉的水,有时候会猛地翻起一个白白的浪,然后又什么也没有了。老宋在桥上一坐就是大半夜,人们不放心,劝他回去,不一会儿他又出现在桥上。和建设一起出来打工的老乡对老宋说"你光这么坐着有什么用,喂河里的蚊子? 你就是坐一百年,河还是河,桥还是桥,不信你就能把河水坐得朝北边倒流,不信你还能把这烂桥坐成一座新桥",人们这么说那么说,就是不敢说"你这么坐着就不信能把建设给坐活"。

　　"你在这儿坐迷糊了摔下去怎么办?"说话的人名叫周

向东。

周向东和老宋的岁数差不多,他对老宋说好好想想怎么向县里要几个钱才是正经事,你要是不张嘴他们怎么知道你心里在想什么。

"钱这东西不可能会自动飞到你的口袋里!"

"我不要钱。"老宋开口说了话。

"那你要什么?"周向东说,"又不可能给建设立个烈士。"

"我不要钱。"老宋说,"建设是自己不小心掉下去的。"

周向东不明白了,他看着老宋,说:"老宋你是怎么了?你怎么这么说话,那你来这里是为什么?那你不走是为什么?要是别人,赖也赖上了。桥是谁的?桥是他们县里的,所以他们就该负责,你不要建设就算是白死了,这种事就是到了美国也是要给钱的!"

老宋不说话了,老半天,摇摇头,说:"不要。"

"那你要什么?"周向东说,"你已经待了两天了。"

周向东的意思是,老宋既然不准备跟县里要钱,干脆回去好了,麦子也快收了,回去忙忙麦收也许心情会好些,人一忙就顾不上伤心了,人一累就只知道睡觉了,人一睡觉就什么都会忘了。

"你回去忙麦收吧!"

"我要修桥。"老宋忽然开了口,他抬起脸看着周向东。

周向东以为自己听错了:"修桥?"

老宋又说了一句:"我要修桥。"

和建设一起出来打工的老乡们一致认为老宋的脑子是出了什么问题,他们你看看我,我看看你。这个老宋,一不向县里闹着要钱,二还要修桥,是不可理喻了,是疯了,桥是谁的? 桥是人家的,你修的是什么桥?

"我问你怎么修?"周向东蹲下来,看着老宋。

老宋说:"你们别管,我是想和我儿子在一起多待会儿。"

和建设一起出来打工的老乡们说老宋一会儿说要修桥一会儿又说要和建设多待一会儿,是不是脑子真出了问题。工地那边的工头也很关心建设的父亲,怕他出什么事,已经派了一个人专门跟着老宋,并且把话也给传了过来,说准备把建设半年多的工钱马上给他结了,而且还要多给一些丧葬费。

"我只要工钱。"老宋说,"我儿子建设不是那种人,建设在桥上看着呢。"

周向东往桥那边看看,桥上有人在骑车,骑得飞快。

"要不让工地派几个人跟着你修? 县里不修,咱们替他们

桥 193

修,只要你说怎么修。"

老宋又说不用,老宋说他就要一个人修,为的是要和儿子多在一起待待。

周向东眼睁得老大,说:"那好,那就让工地把水泥沙子给你送来,还有砖。"

周向东说完这话马上就又愣在了那里,因为他听见老宋又说了一句:"不用,我自己出钱买,不用工地的沙子和水泥。"

"你何必!"周向东说。

"我自己修,修给我儿子看!"老宋说。

周向东不再说话,周围的人也不再说话,都看着老宋。

周向东吩咐厨房里的人给老宋的饭里放了两粒安眠药。老宋整整睡了一天。

"睡睡就好了,神智就会清楚了,然后让他回去忙麦收,人一忙就什么都忘了,人一见麦子就什么都忘了。"周向东说今年的麦子不错,让麦子去收拾他,收拾得他什么也不再想,别看麦子不会说话,麦子最会收拾人。

三

　　谁也说不上县城这座烂水泥桥到底有多少年了,这烂水泥桥重要吗?那还不重要!你要是想去县城东边的开发区或是去华兴县、区里县、大同县、左云县、右玉县、张北县等许多的县,你就不能不走这座德拉桥。而你想从东边的开发区进县城也要走它,要不就绕路,从马莲庄那里走,绕路远且不说,路又不好走。多少年了,县里也不说不修这座桥,一是顾不上,二是要想修这座桥就必得要搭建临时性的桥,修桥的事就这样一搁再搁。好了,这时候有个新闻在县城里传开了,有人在那里修桥了,修桥的人是谁呢?也传开了,就是前不久刚刚被淹死的那个青年民工宋建设的父亲。这事一传出来,报社马上也就采取了行动,他们发现了新闻点。

　　事实上,不是老宋一个人在那里修,而是两个人,另外那个人是谁呢?是建设的母亲,她又从老家赶了来,她不放心老宋。她和老宋两个人出现在了桥头,在那里又是拉沙子又是拉水泥,最后还拉来了砖,这种事,其实都是老宋的女人来做,在家里,主要的活儿也都是靠老宋的女人来做,只要老宋一出来做,老宋女人就会马上把活儿抢过来,从很年轻的时候开始,他们就是这样过来了。这两个人在桥上做事,不知怎么让旁边的人看着就觉得十分的悲怆。老宋的女人在前边拉车，是一车沙子，老宋在后边推。老宋的女人在前边拉砖，老宋在后边推。白天桥上人多是不能做这种事的，是要影响交通的，这种事只能在晚上人少了的时候做，这时候，上班下班的人少了，出来走动的都是些吃过了晚饭没事干的闲人，人们没事干就出来站在桥头看这两个刚刚死了儿子的外乡人做事。他们也看出来了，这两个死了儿子的外乡人是要在桥的两边砌两道桥栏，他们不可能把料一下子都放到桥上，他们也不可能像施工单位那样设个禁止车辆通行的标志，他们能做什么呢，是修一段，再修一段，一点一点地修。所以水泥沙子和砖也是一点一点地拉。因为到了白天这桥上的行人一刻不停，是车水马龙，是络绎不绝。

人们发现，就这个老宋，干几下，把手里的砖码一层，就要对着桥下低声说句什么。

说什么呢？人们都说这个外乡人对着桥下说什么呢？这个人是不是精神出了毛病？

而很快，人们听到了老宋在说什么。老宋码几块砖，停下就对桥下说："建设，爸给你修桥了，你看着，爸给你修桥了。"要不就是："建设，你原谅爸没给你买那个小灵通，你原谅爸吧。"老宋码几块砖，又停下来，对着桥下又小声地说："建设，爸给你修桥了，爸就在这里，爸和你在一起。"有人从桥上过来了,虽然是晚上,但是夏天的晚上人们睡得晚,有人一来,老宋就停了嘴,继续砌他的砖。而那来人是住在桥边的人,他们过来做什么？他们拿来半个西瓜要老宋吃,他们要老宋不要太伤心了,他们都说要不叫几个人来帮着修,大家一起动手,很快就会修好了？老宋却急了,摇摇手,连说"不要不要",倒好像怕别人把他的什么东西抢了去似的。老宋已经砌了一段了,然后是砌下一段,晚上砌,到了白天他就不能再砌了,白天的时候他就坐在那里守着晚上砌好的那一段,老宋的女人,不知戴了一顶谁给的草帽,坐在老宋的旁边,两个伤心的人,一动不动地坐在那里让别人也看着伤心。老宋的女人忽然抬起手来给老宋擦脖子上的汗,然后又不动了。其实更加难受的是旁人,他们都是本地人,他们想帮忙,但让老宋一个一个地拒绝了。他们看着这一对正向老年迈进的夫妇——刚刚死掉儿子的夫妇,不知道拿出什么话来安慰他们,所以,他们给老宋夫妇送水,送瓜。小旅馆那边到了时候还会把饭送过来,因为老宋一家子在他们小旅馆住过,现在老宋和他女人又住在了他们的小旅馆里,所以她们好像觉得和老宋夫妇关系不一般了。有一个老头儿,也是县城里的,却不在小桥附近住,住在离小桥很远的地方,也天天过来,过来就坐在那里,好像坐在那里是为了陪陪老宋夫妇,也不说话,也只是坐在那里看,到了中午吃饭这个老人会慢慢走回去,到了人们上班的时候他就会又来了,还是坐在那里,手里拄着一节竹棍,看着老宋夫妇。小旅馆那边来人送绿豆汤给老宋夫妇还会劝老头儿也喝一碗。

"您也喝一碗,天太热。"

"修桥补路,修桥补路。"老头儿点点头,谁知道什么意思?

老宋的工程也就是做了十个晚上,桥两边的两道短短的桥栏就出现了,而现在的桥栏看起来更像是两堵十分矮的矮墙,因为上边还没有抹水泥,所以没有最后完工。老宋还是在夜里做,一边做一边用很小的声音和他儿子建设说话,他儿子在什么地方呢?他儿子建设现在是无处不在。在桥上,在桥下,在身前,在身后。现在老宋说起话来不再是对着桥下,他是一边干一边说。比如:"建设,递块砖。"比如:"建设,来铲水泥。"比如:"建设,再往这边来点儿水泥。"比如:"建设,你站开点儿,让爸来。"比如:"建设,你看看,结实了吧。"比如:"建设,你看看,再有人站不稳往后退就给挡住了吧?"老宋现在说话也不再避人。老宋的砖砌得不怎么好,一块这样,一块那样,但谁还在意这些呢?人们感动还来不及呢!一到了晚上,小桥四周就有不少人,他们站在远远的地方看,站在远远的地方议论纷纷,他们怕影响了老宋,怕影响了老宋和他的儿子交谈,这真是让人既感动又伤心的事!这期间,报社记者把老宋的事在报纸上报道了两次,而且还登了老宋的照片,但老宋一句话都不说,他要说,就只是说着自己的话,对儿子建设说的话。

"建设,你喝碗绿豆汤。"老宋对着一片虚空举举碗说。

"建设,你看看,坚实了吧?"老宋用脚轻轻蹬了蹬脚下的水泥桥栏。

老宋快要把桥栏修好了,最后一道工序也已经做完了,那就是在桥上的两道护栏上抹了水泥,抹了水泥之后桥栏就更像桥栏了,老宋在桥上又守了一天,他要等着水泥干了,老宋坐在那里,老宋女人也坐在那里,他俩都一动不动,要动也是老宋的嘴动,他又在那里和他的儿子建设交谈。老宋的女人忽然也动了一下,她抬起手,给老宋又擦了一下脖子上的汗。他们不再动的时候,坐在另一边的那个老头儿却动了起来,老头儿慢慢站起来,慢慢朝这边走了过来,老头儿走得很慢,他的岁数也只能慢,他走过来了,让老宋吃了一惊,老头儿把手向他伸了过来,老头的手里是三张一百元的票子。

"你拿着。"老头儿说。

"不要不要。"老宋马上站起来。

"你拿着。"老头儿又说,是长辈命令晚辈的口气。

"不行不行。"老宋往后退。

老头儿不说话了,把钱往老宋手里一塞。

"你拿着,我八十五了。"老头把手朝老宋伸出来,做了个"八"字的手势。"我八十五了,我什么没见过!"老头儿用手里的拐杖敲敲老宋修的桥栏,又敲敲,慢慢走远了,已经走到桥头了,又在那边用拐杖敲敲桥栏,又说了句什么。老头儿说什么呢? 老宋在这边当然听不清,老头儿在那边说:

"我八十五了,我什么没见过!"

也就是在这天,县里也来了人,来人看桥,那是几个在县里办公的公家人,他们没和老宋说话,他们站在那里说桥的事,他们在指指画画。他们还上了桥,从这头儿往那头儿走,再从那头儿往这头儿走。他们没有一个人和老宋说话。其中的一个人,还抬起脚来在老宋修的水泥桥栏上使劲蹬,用力蹬了蹬,水泥已经干得差不多了。他们在一起说话,他们说什么? 老宋在这边当然听不清,他们说:"看,看那边,那戴草帽的是死者的母亲,她旁边那一个人,是死者的父亲。"他们还说什么? 他们说:"说不清,谁也说不清,这两个外乡人,一不闹着要钱,二又要自己修桥,唉,那么大的儿子说没就没了。"他们真是说不清,他们后来得出一个结论,当然也不能说是一个结论,应该说只能是一种猜测,他们猜测建设的父亲和母亲是受的刺激太大了,精神已经出了毛病。

"那男的,一边干活儿一边总是不停地跟他儿子说话。"一个说。

"他儿子不是死了吗?"另一个说。

"所以说可能是这地方受刺激太大了。"

"和他儿子说话?"

"和他儿子不停地说话。"

"一边干一边说?"

"一边干一边说。"

"可他儿子已经去了那边!"

"所以说他受刺激太大了。"

"那女的说不说?"

"女的不说。"

"女的有时候比男的坚强!"

"他们住什么地方?"

"喏,就那边,迎宾旅馆。"

"东西就送到迎宾旅馆?"

"我看是送给神经病了。"

"你这话可不好听!"

说"神经病"的这个人马上用最小的声音说:"不过现在许多许多神经病都是这个世界上最好的人,有什么办法呢。报社把事情弄这么大,县里不准备修桥还能说什么,再不修,说不下去!"

老宋望着这边,老宋朝这边望着的时候老宋女人也掉过头望着这边,他们不知道那几个人在说什么,但他们马上给眼前的突发事件吓了一跳,老宋和他女人都一下子站了起来,有两个骑摩托的在桥上撞了,他们不是对着骑,而是朝着一个方向,他们的摩托车上都带着很大很鼓的蛇皮袋子,里边装着什么?小商品?衣服?毛线?鞋子?帽子?或者就是专门给孩子们吃的那种膨化食品。他们把这些东西从东关接到手然后再用另一个价送到另一个地方去,这就是商业,这就是生活!他们的摩托车后边的袋子也实在是太大了,骑到并排的时候互相碰了一下,虽然只是轻轻一碰,但摩托车的惯力让他们一下子就朝着各自不同的方向把车子射了出去,但车子马上又被往回弹了一下,是什么把车子反弹了一下?就是老宋刚刚修好的水泥桥栏。那两个摩托车倒地的时候发出哧啦哧啦的摩擦声,但由于后边鼓鼓的蛇皮袋的支撑，所以骑摩托车的人没有被摔坏，并且，他们马上就爬了起来，一个手上受了伤，一个是脸上让刮了一下，但都不严重。这个县城，怎么说，太小，人跟人就特别亲，这两个骑摩托的没吵，但他们都吓得够呛，他们看看桥下，桥下有什么呢，是汤汤的河水，很深的河水，宏大而深沉的河水。

"也许，也许，也许……"其中的一个说，"前不几天刚刚淹死过一个年轻人。"

"咱们也许就掉到河里了，如果不是这两道桥栏。"另一个说。

老宋站在另一边，他没过去，好多人都跑过去了。

老宋没过到摩托车相碰的那边去，老宋的嘴张得老大，声音却很小："建设，建设，爸告诉你……"

老宋要告诉他儿子建设什么呢？当然没人会知道。

四

怎么说呢，连老宋自己也不知道自己修桥的事在这个小县城里弄出了多么大的动静。老宋准备走了，乡下无边无际的麦子在等着他，也等着他的女人。一个人在心里能盛放多少悲伤呢？这还真不好说。但这悲伤会影响太多的人。老宋一边修桥一边可以对他的儿子建设絮絮叨叨地说话，但县里做事就不是这样了，现在县里什么话都没说就行动开了。老宋准备走的那天上午，德拉桥这边忽然开来了两辆铲车，那铲车一开来就开始铲那年久失修的德拉桥，老宋刚刚修好没两天的矮矮的水泥桥栏被铲了，那一段一段的砖头水泥桥栏，一节一节地被铲了起来，那水泥桥栏，外边的水泥干了，可里边居然还没有干。老宋这时候才看到桥头两边早已拉了绳网，还立了牌子，让人们不要再从桥上过，这都是夜里做的事，县里终于要修桥了，修一座更大更结实的新桥。铲车的声音很大，轰隆轰隆的。所以，没几个人能够听到老宋的说话声，老宋朝着桥下小声说：

"建设，建设，建设——"

"建设，建设——"

"建设——"

老宋想说什么呢，人们都不知道，因为老宋忽然一下子捂着脸哭了起来，老宋的哭声很大，把周围的人都吓了一跳，人们都掉过头看着这边，看着老宋。老宋的手很大，两只大手把一张脸给捂得严严实实，但老宋的泪水还是从老宋的手指缝里流了出来，流了出来。

房　客

"我的天啊,他醉了。"汤立对妻子李菁说。

"我去看了一下,他一躺下来就睡了。"李菁说。

"那间屋太冷。"汤立说。

汤立和李菁说话的时候夜已经很深了,孩子们都上楼去睡了,他们还想再看一会儿电视。

汤立说:"我让这老家伙搞得没喝好,我还要再来点。"

"那你顺便也给我倒一杯。"李菁说她想要葡萄酒。

汤立就啪哒啪哒地去了厨房,听脚步声汤立还真是没有喝多,不一会儿汤立就从厨房那边过来了,一只手里是两只杯子,另一只手里是一个盘子,因为是过春节,汤立给厨房的窗子上和大厅的落地窗上都装了那种闪烁不停的彩灯,彩灯这会儿还闪着,红的、绿的、黄的、蓝的,李菁刚才去阳台朝外看了看,外面可以说是灯火辉煌，几乎家家户户的窗口都装饰着这样的彩灯。

汤立又啪哒啪哒地去了一趟厨房，除了酒，他还拿了切好的红肠，汤立特别喜欢吃这种哈尔滨红肠，其实哈尔滨跟他跟李菁都没一点点关系。汤立坐下来，已经把一片红肠放进了嘴里，马上又放了一片，还不够，又接着放了一片，汤立说吃红肠的最好办法就是一下子放好几片在嘴里才能吃出红肠独特的味道。但整根拿在手里往嘴里送的样子可真是不好看。汤立说他只有上大学的时候才那么吃过。

"我以为人上了年纪就不会喝那么多了。"汤立说。

李菁知道汤立在说什么，但她的心事在另一边，她想不到在这样的晚上家里会出现一个这样的不速之客，这个老头居然有这个家的钥匙。李菁刚才已经说过了，要汤立去找把房子租给他们的房东，问问他到底还有多少把这间房的钥匙，这么下去可不行。

"你这就打电话。"李菁说。

"马上给他们打电话。"李菁又说。

"是，真不像话。"汤立也说。

"就这么突然就进来了，真吓了我一跳。"李菁说。

"这是我的房子,我是他父亲。"那个老头刚才小声地说,按道理他应该大声把这话说出来。

"我又不认识你,我要给你儿子打电话。"汤立说。

"不要给我儿子打电话。"老头又说,说他担心把他送回到养老院去。

"那你也不能住在这里。"汤立忽然有些生气,但连汤立自己也不知道自己是在生老头的气还是在生老头儿子的气。

"我只想回来看看,我不知道我的房子被出租了。"老头很伤心,说这才不到四个月。"他们找了辆车把我拉来拉去,结果我就在养老院里边了。"老头十分伤心地说。

汤立把酒递给了李菁,说:"你想喝多少就喝多少。"

李菁忽然笑了起来,她笑的时候杯子里的红酒直晃荡,她的另一只手里是一片红肠,她总是担心自己会发胖,所以吃什么都是一点点,但她吃起水果来却让人很害怕。汤立说李菁再这么下去就要变成虫子了,亚马逊丛林里的虫子。其实汤立是想夸一下李菁,所以接着说:"那边的毛虫可真漂亮!在树枝上一拱一拱地爬,像急匆匆赶去结婚的新娘。"汤立是喝多了,他又补了一句:"结婚就是性交,是急着赶去性交,谁都会的性交。"

李菁说:"性交其实没有抽大麻好受。"

"那种好受的感觉在这地方。"李菁指指耳朵旁边的地方,又说。

"你是不是说我做得不那么好。"汤立说,把酒杯放下,站起身,走过来。

"不要不要不要,那老头也许会跑出来。"李菁说。

汤立就又坐下,笑了起来:"也许他真会跑出来,像一只老动物,但肯定跑得很慢。"

李菁说:"问题是,要问问这老头会不会真是房东的老爸?"

"我看是,"汤立说,"你不看他对这里的情况比咱们还熟。"汤立看了一眼周围,房子里的一切都是房东的,连电视和冰箱都是,现在租房子都这样,房东要把什么东西都准备好。

李菁记起来了,李菁是一喝酒就什么都会记不起来,但她这次还是记起来了,这说明她喝得还不够多,她记起来了,老头一开始是在外面敲门,敲得很轻,那么轻的敲门声一般人都不会听到,门被敲了好久,然后才被从外边打开了,这让屋里的人都吓了一跳,当然老头也被汤立和李菁吓得够呛。汤立一下子就站了起来,他们正在吃饭,饭才吃到一半,年夜饭总是吃得很慢,这不单单是汤立和李菁他们一家。

"你是谁?"汤立问那个老头。

"你们是谁?我儿子他们呢?"老头说。

"你怎么会有这里的钥匙?"汤立继续他的问话。

那老头却侧着身,两眼看着汤立和李菁,他侧着身子朝卧室走,小声地说:"这是我的家,我怎么会没有钥匙。"

汤立和李菁面面相觑,他们不知道老头去卧室做什么,问题是他们都有点发懵,怎么回事?怎么会有这么一个老头从外边一下子进到他们的家里来,虽然这房子是租的,但也是他们的家。这老头居然有这里的钥匙。汤立和李菁把这套房子租下来还不到两个月。

汤立和李菁冲进卧室的时候看见那老头已经坐在了床上。"这是我的床,你不应该坐在这里。"汤立说。

"这是我的家,你们是谁?"老头问李菁,从进屋的那一刹那,老头说话总是对着李菁。

"我还想问你是怎么回事。"汤立对老头说。

"你们怎么会在我的屋子里?"老头说,"这是我的床,这个床现在无论去什么地方都别想再买到了,这种车工活儿现在再也不会有了,这种橡木床现在再也不会有了,西番莲。"

说实在的,汤立和李菁租这套房子的时候一下子就看准了这张大床,李菁当时还悄悄地说:"这张大床要是咱们的该有多好。"这张大床四边各有四根很粗的柱子,柱子的顶端是四个雕花,四朵西番莲花。

"怎么回事,你出去!"汤立说,而实际上汤立的愤怒是装出来的,汤立说这房子是他们租下来的,是有合约的,"我才不管这房子是不是你的,这床是不是你的,你现在给我出去。"

李菁给汤立说的话吃了一惊,汤立可不是这种人。

那老头从床边站起来,很努力地站起来,真不知道他刚才是怎么走到这个区的,既然他说他是在养老院,但可以肯定一点的是附近根本就没有养老院。老头站了起来,好像身上的每一个关节都已经锈掉了,好像能让人听到咯吧咯吧的响声了。但李菁还是听清楚了。老头在说,我只想回家过个年,我只想回家过个年。

李菁看了看汤立,汤立也正在看她,老头的话让李菁忽然伤心起来,但汤立拉了她一下,李菁就明白是什么意思了。汤立和李菁跟在老头后边,直到老头走到楼下拐角的那间一直锁着的门前。那间屋在他们租房子之前就已经说好了,是房东留着自己用,因为里边放着不少杂七杂八的东西,而且这间屋里还没有暖气。

汤立和李菁站在老头的身后,看着老头从身上掏出来一串钥匙,把那间屋的门打开了。

"你是不是今晚要住在这里?"汤立说话了。

老头已经进到了里边,悉悉索索的声音从里边发出来。

"能不能给我点酒。"老头在里边说。

汤立看了看李菁,停顿了一下,小声说:"再把菜热一热。"

李菁站在汤立的后边,老头没把门关好,这就让汤立和李菁能看到这间屋里几乎是放满了东西,他们是第一次看到这间屋子里边,靠门的这边是衣服架子,上面挂满了衣服,靠北边墙是一张床,床上也放了不少东西,老头已经把床上的东西搬了下来,老头可能是太累了,已经躺在了床上,这屋里可真够冷。

"你不能睡在这里。"汤立说。

老头没说话。

"你会冻感冒的。"汤立又说。

"把门关上好不好?"老头说。

汤立没有关门,他拉拉李菁,然后他们就上楼去了。

"有没有酒?"老头在屋里又说。

"他要酒。"李菁说。

"他是应该喝点。"汤立说，"这是大年夜，不管他是谁。"

汤立已经给老头的儿子打过了电话，老头的儿子在电话里说他们全家正在三亚度假，说："三亚这边真热。"停停才又说："出了这种事真不好意思，他怎么从养老院里跑出来了？养老院是怎么回事？他们是收了钱的。"老头的儿子在电话里不停地说。

汤立没再听电话里老头的儿子再说什么就把电话放下了，汤立心里忽然很难受，说不出的难受。他给自己点了一根烟。

汤立去了一下厨房，李菁正在厨房里热那些剩菜，一个很大的盘子放在那里。他一个人吃不多，李菁对汤立说，少热一点就够他吃了。

汤立去把酒取了过来，是一瓶高度白酒，汤立的父亲就爱喝高度酒，那个时代的人根本就不会把低度酒当回事。所以，汤立也喜欢高度酒。

"汤立，"李菁说，"要不让老头到厨房这边吃吧。"

"我也是这个意思。"汤立说，"这本来就是他的家。"

汤立和李菁又去了那间可真是够冷的小屋，汤立把自己的意思说了,说请老头到厨房里去吃,那边暖和一点。李菁也说:"你在这里吃东西也许会感冒。"让汤立和李菁想不到的是老头会拒绝,他请李菁把那一大盘菜和那瓶酒放在床上。

"既然我儿子把房子租给了你们。"老头说。

老头突然想起了什么:"我的狗呢?"

汤立和李菁互相看看,他们没见过什么狗。

"我那条狗活了十六年了,"老头说,"也得给它吃点东西。"

"你儿子他们在三亚度假,狗也许跟着他们。"汤立撒了谎,这样,也许对老头是个安慰。

"我那条狗一直跟着我。"老头又说,"我回来也是想看看它。"

李菁又看了看汤立,他们都没见到过附近有狗出现。

"什么颜色?"汤立说。

"白的,身上有黄花。"老头说,他开始吃菜,喝了一口。

"那是条好狗,从来没有咬过人。"老头说。

"那真是条好狗。"汤立说,"说那条狗嘛,跟你儿子他们去了三亚。"

老头是很饿了,吃得又快又急,酒也喝得很快,看样子,老头身体其实不错。

"你慢点喝。"李菁说，"你喝完了可以过来看电视。"

李菁推了一下汤立，然后他们就又回到厅里去，电视开着，欢笑声从里边传了出来。但李菁和汤立都笑不出来，他们面面相觑。

"他说他有条狗。"李菁说。

"我根本就没见过什么狗。"汤立说。

"你这就打电话。"李菁说。

"打什么电话，给谁打电话?"汤立说，其实他马上就明白李菁让他给什么人打电话了。

"问问那条狗在什么地方，"李菁说，"这老头真可怜。"

"这真是很奇怪，我们管这些事做什么?"汤立说，但他还是很快就拨通了电话。老头的儿子那边的电话一直响着，就是没人接。

"其实你是瞎操心，就是把狗找着，老头也不可能带条老狗去养老院。"

李菁不出声了，用手捂着脸，汤立以为李菁是困了，但他马上就明白李菁是怎么了。

"我很难过。"李菁的眼泪止也止不住，这么一来，好像感冒的不是别人而是她,她的声音也变了,她站起来,说要去再看看,看看老头还想再吃点什么,或许,他还想喝点什么热的东西,比如牛奶。

李菁去了厨房,冰柜里有牛奶,她用微波炉热了一下。

汤立把烟拿在手里,但他发现打火机打不着了,他把打火机甩了又甩,他翻了翻抽屉,抽屉里也没有备用的打火机。

汤立对李菁说他要出去一下买打火机,也许老头还想抽一根烟。

汤立出去了,外边很冷,汤立只穿着拖鞋,一条秋裤,但他还是把那件很长的鸭绒衣披在身上,李菁忽然笑了起来,说:"你这身打扮像不像暴露狂?"李菁还是上大学的时候,有一次她在小道上走,对面就站着一个男的,穿着件很长的大衣,李菁根本就没这方面的经验,她走过去的时候,那个男的就猛地把大衣张开,李菁那次不是被吓坏了,而是觉得不可思议,奇怪那个男的里边居然什么都没穿。

"你真像我上学时候遇到的那个男人。"李菁说,"你这样子真像。"

汤立出去了,不一会儿就买了打火机回来,这时候已经是后半夜两点多了。

"好家伙,就为了买一个打火机。"李菁说。

"那面,你没过去?"汤立用手指了指说。

"我等你。"李菁说。

汤立忽然抱了一下李菁,把自己的脸贴过去,汤立的嘴立刻找到了李菁的嘴,汤立的嘴把李菁的嘴拱开了,汤立把一口烟吐在了李菁的嘴里,汤立经常这么做,李菁也喜欢他这么做。

"再来一口。"李菁说。

汤立的嘴就又找到了李菁的嘴,汤立把嘴里的烟送在李菁的嘴里。然后,他们去了老头待的那间屋,那间屋子真够冷的。

汤立已经把要说的话想好了,就说已经打电话问过了,那条狗跟他的儿子们去了三亚,但汤立没说什么,因为那老头已经睡着了,脸朝里侧身躺在那里,那一瓶酒已经全喝光了,大盘子里的饭菜却剩了不少。

"这是他的家。"汤立小声地说。

"我们不过是房客。"李菁也小声地说。

天终于亮了,老头醒来了,头有些疼,那一整瓶酒让他睡了个好觉。

老头醒来的时候忽然吃了一惊,他发现自己躺在橡木大床上,床上四边的那四个柱子还跟过去一样,柱头上的四朵西番莲花还一如往昔地开放着。

"您可睡了个好觉。"后来,汤立出现在了屋门口,李菁站在他后面。

汤立说:"我想告诉您……"

但汤立不知道接下来该说什么了。

最后一盘

这地方,就叫花生地,据说这里原来种过花生,但现在什么都没有了,只有一片灰色的水泥楼群。老赵就在这个小区里看车棚。人们总能看到老赵在小区里走来走去,却很少能看到老赵那个个子细高细高的儿子在做什么。不过,人们早上能看到老赵个子细高细高的儿子上学去了,骑着一辆旧车子,咯噔咯噔。晚上,人们又看到老赵个子细高细高的儿子放学回来了,还骑着那辆旧车子,咯噔咯噔。人们从来都没见过老赵个子细高细高的儿子在院子里玩过。星期天,人们有时候可以看到老赵个子细高细高的儿子站在那里背英语单词,就站在小区车棚前的花圃边,旁若无人地背着,而且声音很高。花圃里的蜀葵开得正好,这种花实在是太能长,一长就长老高,一开就开出各种颜色的花来,如果来一场大风,这花就会给吹得东倒西歪,但就是给风吹倒在地上，它还会照样横在那里开花。

　　老赵这一家人是这小区里最特殊的一家，好像这家人是整个小区的仆人，人们有什么事都会去找他们帮忙，搬个东西上楼，要拉点儿水泥沙子回来，注定都是老赵的事，无论谁一喊，老赵就去了，高大的个子拉个小车看上去有点滑稽。老赵住的车棚靠八楼最近，所以他和八楼的人来往就多一点。夏天的时候，人们在屋里热得待不住，就下到下边来，站在车棚前说话，老赵也会加入。人们看到老赵种的花儿了，一盆一盆，碧绿碧绿的，什么花呢？走近看，才发现原来种的是芫荽、韭菜还有芹菜。别人吃芹菜会把根子扔了，老赵女人却把芹菜根子留下再种到盆子里，那盆子是别人家丢弃不要的漏盆子，正好用来种这些东西。人们在上边阳台上看到下边的老赵女人从屋里出来了，弯腰在盆子里摘了一把碧绿香菜在手里，又进屋去了，那香菜给老赵女人洗洗切切就下锅了，那是要多新鲜就有多新鲜的芫荽啊，看着让人眼馋，楼上的人马上就下去，对老赵女人说："给我们摘几根芫荽做汤好不好？""好啊，好啊。"老赵女人会马上说。八楼的居民就是这样与老赵一家亲近起来的。有了什么事，比如小孩过生日、老人做寿，都会来车棚这边喊老赵女人，要她帮着做糕团或去漏绿豆粉条子。人们有了什么，比如两三个啤酒瓶子，或者是一个马粪纸的包装箱子，也不扔，也不值得去卖，便会在阳台上喊了老赵，让他拿了去，有那么一点施舍的味道，更有那么一点意思是：让人觉得人们在心里还想着老赵。人们在自己的屋子里居高临下望一望下边的老赵，那棚子，那乱糟糟的各种破烂，让人们无端端觉得老赵的生活是零零碎碎的，那是零零碎碎拼凑起来的生活，这样的生活会有前途吗？或者会有明天吗？这么一想，老赵家的一切都仿佛在人们的眼里暗淡了下来，像谢完幕的舞台，灯光正在一盏跟着一盏熄掉，人已经走光了，只有模糊不清的人影还在台上晃，这模糊不清的人影必然是老赵两口子还有他们那个子细高细高的儿子，这让人们在心里生出些无名的怜惜。人们是这样看老赵家的，其实人们忽略了老赵，起码是忽略了老赵那个个子细高细高的儿子的存在。老赵的个子细高细高的儿子像是深藏着，只有吃饭的时候，人们才偶尔会看到他端着个碗出出进进，有时人们还好像听到他在屋里背英语单词，不见人影，也只有声音的存在。在人们的印象中，老赵这一家人好像什么都吃，白菜、茄子、芹菜、芥菜、香菜，大把大把地买回来，老赵的女人在那里择香菜了，两只手在一大堆碧绿的菜里刨来刨去，那一大堆乱糟糟的绿，慢慢就被顺成了整整齐齐的一堆，香菜根子也不扔,洗了,切了,用醋和糖泡在一个罐头瓶子里,便是一道菜了。萝卜也是买处理的,一大堆,一一择好了,萝卜是萝卜,缨子是缨子,缨子也是用水洗过,切碎,放在一个又一个空罐头瓶里腌了起来,老赵的屋子窗台上和车棚里的窗台上,都是一溜儿这种瓶子。老赵家好像一年到头难得吃几次炒鸡蛋,鸡蛋的空壳就都一个一个扣在花盆子里,让人们无端端想起过去的日子。让人们觉得老赵的日子过得虽然零零碎碎却有一份悠久的细致在那里。真正的深秋还没来的时候,老赵的女人又在那里张罗着腌菜了,老赵弯着腰把缸和瓮都搬到了院子里,又不知从什么地方接了根红色的水管子,把那些缸都洗了又洗,很庄重,像是在做一件大事了,老赵儿子也参加了进来,细高细高的个子也弯着,帮着挪缸,这真是少见。那些洗过的缸和瓮必要在院子里倒扣一夜,第二天才可以开始腌。要腌的大白菜在入缸之前还要晾一晾,就一棵棵立在车棚外边的墙根下。人们在上边,居高临下地看着老赵的女人在那里翻菜,弯着腰,把菜一棵一棵都翻到。老赵的女人总是穿着别人穿旧而不再穿的衣服,在这个夏天,她穿着一件孔雀蓝的半截袖,这件衣服前边的两个口袋是两个鲜红的草莓补花,这衣服有那么一点点闺阁气,但穿在她身上多多少少有那么点不协调。老赵一家在那里腌菜了,腌过了大白菜,居然还要腌韭菜,小区的人们还没见过这么腌韭菜,整腌,不切,用盐又多,腌出来的韭菜黑绿老咸！住在八楼的人们有时候在吃饭的时候朝下望望,老赵在棚子里吃什么？从盘子里挑出来,长长的一根就送嘴里了,原来就是这腌韭菜。老赵腌完了韭菜好像还不行,还要腌韭菜花,把白白绿绿的韭菜花买回来,洗了,放在石臼里捣,捣了再捣,直捣得整个院子都能闻到那令人受刺激的味道。新腌的菜刚刚腌好的时候,住在八楼的人们常常被老赵的女人喊住,老赵的女人会让他们拿一些新腌的腌菜回去吃。

　　老赵的生活是零零碎碎,人们是远远地看着这一家人生活,从色彩看,从物件看,那各种各样的破烂,怎么能不是零零碎碎？不但是零零碎碎,而且还是暗淡的,但人们忽然发现,老赵家的生活在暗淡之中居然有勃勃生机。问题是老赵这天忽然要请客了,请八楼的邻居,要他们下来吃一顿便饭,这真是新鲜事,为什么？出了什么事？先是,人们于兴奋之中说到了老赵可能请人们吃什么,都说老赵家要请客就不必吃什么大鱼大肉,更不必吃什么海参鱿鱼,就吃些老赵家平时吃的土饭就行了,莜面饺子、莜面墩墩、小米子稠粥、二米子捞饭什么的,菜就吃火烧茄子、火烧土豆、苦菜团子什么的最好。天有多么的热,人们还说最好不要在屋子里吃，干脆就在车棚外边摆张桌子。还有就是，八楼的邻居，下到下边去问老赵女人要不要帮忙，因为老赵家从来都没请过客，其实别的人家现在也很少在家里请客，这就显得很隆重。老赵女人笑笑，侉侉地说了句不用，她一个顶得住阵。

晚上，被请到的人们都去了，人们没看到老赵女人怎么忙，菜却都已经做好了，凉盘已经都放在了那里，一张荸荠紫大圆桌面，下边垫了一张小桌子就放在了炕上，人们都上炕，桌上的凉盘是一个牛肉，一个芹菜海米，一个凉皮子，凉皮子上边是红油和切得极细碎的葱花儿，两个猪手，对切开，再对切一下，亦红红的要发出光来的样子，还有一个火腿肠，还有一个小肚儿，这两样是从店里买来的。还有一个大拼盘，里边是蔬菜，有黄瓜和水萝卜，还有豆腐干，这说明老赵一家也与时俱进着，知道时下人们喜欢吃些什么。这是晚上，天已经黑了，有蝈蝈在外边叫。老赵笑眯眯的，一张脸本是黢黑的，给日头晒的，晒到的地方黑，没晒到的褶皱里白，这样的一张脸是花的，皮骨紧凑而花，这就让老赵的脸很有看头。他坚持坐在最边上，圆桌还分什么边不边，但他就是要分出个中间和边，边就是炕沿儿这边，他让老沈，过去当过林业局局长的，人们现在还叫他沈局长，老赵让沈局长坐在了顶里边。人们都坐好,老赵却执意不坐,要弯着腰给人们的小碟儿里毕恭毕敬地倒一回醋,老赵的动作有些不自在,有些夸张,看他那样子,倒醋的样子倒像是在倒酒,这就让客人们笑了起来,老赵脸红了,黑脸一红便像是紫,还有汗,额头上和鼻子上还有下巴上,一路下来,亮晶晶的。老赵说:"有了醋吃饭才香,没醋还叫个宴席?"人们就又笑。老赵的女人呢,在车棚的后边,夏天热,老赵就在后边立了个泥炉子。老赵女人在后边炒菜,人们用鼻子感觉到了,是在炒肉炒青椒,平平常常的肉炒青椒这时候忽然是那么香,那么家常而动人,那么让人们的食欲大增。各种菜肴里,唯有肉炒青椒让人想到夏天,那香不是香而是一种刺激,肉先在锅里爆炒,然后下青椒再炒,青椒的香气不炒硬是不肯出来,香气出来了,炒菜的人在那里给呛得直捂鼻子。这个菜起锅的时候才倒酱油,这么一来,肉片就更红了,青椒就更绿了。这个菜原是大红大绿的意思,一个肉炒青椒,一碗白米饭,这顿饭会有多香!老赵女人在后边把第一道菜炒青椒炒好了,菜也给端了上来,客人们都吃了一惊,是老赵的儿子,个子细高细高的小赵把菜端了上来,小赵怕羞,把菜往桌上一放就跑掉,虽然是慢慢进来再慢慢出去,却是跑的意思,是怕人。第二道菜,里边的客人又闻到了，是炒芹菜，当然是肉炒芹菜，这菜也是一道夏天的菜，香气好像是清了一些，实际上却更浓，里边的人已经开始喝酒了，先干三杯，是这里的规矩，酒是倒在一个小小的白瓷壶里，然后再从壶里往每个客人的杯子里倒，这样就会滴酒不漏，是节省，好像又不是节省，是一滴都不肯浪费。三杯酒下来，其实老赵一直是站在那里倒酒，还陪着一杯一杯地喝，他也会偶尔夹一筷子菜吃。老赵站在那里，把筷子伸出去，夹准了，菜在筷子头上了，他的另一只手也跟着伸了出去，在筷子下边接着，一直接着送到嘴里；又一筷子，夹住，菜离了盘，另一只手又伸了过去，伸在筷子头下，也就是在菜的下面接着，稳稳地又把菜送到了嘴里，有菜汁掉到他手上了，他会把手在嘴上一抹，连那菜汁也不浪费。炒芹菜过后，人们的鼻子给剧烈地煽动了一下，是异香，这异香也只是茄子香，烧茄子的味道传了过来，在花生地这个小区，也只有在老赵这里还能吃到烧茄子。烧茄子是用一个大盘给老赵那个子细高细高的儿子端了上来，烧茄子颜色多好，是绿，绿之中有些微焦的意思在里头，上边是大量的蒜泥，还有油，是三合油，亮亮的，这道菜一上来，人们便暂时停止了喝酒，筷子纷纷都伸向了烧茄子。这时候，老赵那个子细高细高的儿子还没出去，不知谁说："小赵！你也喝一口！"老赵的个子细高细高的儿子忽然就慌了,脸红了,摆着手忙说不会不会,一边说着不会一边朝屋外退着走,在门槛上不小心给绊了一下,年轻人真是机灵,人没倒,却跳了一下,跳出去了。烧茄子过后,再也没动人的味道传过来,但下一道菜却更具煽动性,是火烤山药,山药还是去年窖里窖的,大个儿的紫皮山药,在灶下烤得沙酥酥的,一剥皮,里边的瓤儿便松松地散开在碗里,这烤山药是要调了刚刚腌好的芥菜来吃,芥菜一盘,白白绿绿的细丝,端了上来,这菜好不好?好!饭店里吃不到。这一顿饭吃得人们都很高兴,酒也喝得差不多了,这时候,老赵又宣布了一个好消息,上完最后一道菜就上主食,主食是酸捞饭,老赵说他女人昨天已经把玉米面掎在那里了,一大盆,掎了一夜,已经酸透了,这样的酸饭,加上大量的红红的油泼辣子,再加上绿绿的芫荽该是多么诱人。为了迎接这在别处再也吃不到的酸饭,大家又纷纷敬老赵一杯。

最后一道菜,还是老赵那个子细高细高的儿子给慢慢端了上来,这盘菜与别的菜不同,是用一只大盘子端上来,上边还严严实实地扣着一只盘子,这就让老赵的邻居们不知道这最后一道菜是什么菜。人们都能感觉到,老赵这时已经兴奋了起来,老赵的儿子也兴奋着,脸红通通的,他把盘子端端正正放在桌子中间了,两只手却好像不知该放到什么地方,眼睛看着他的父亲。老赵对他个子细高细高的儿子说:"你把盘子给叔叔大爷们打开,让叔叔大爷们看看你这道菜。"老赵看着儿子,满脸的笑,连说了几句"是"。老赵的儿子亦笑着,两只手好像是更不知道往什么地方放。"你把盘子给叔叔大爷们打开,让叔叔大爷们看看你这道菜。"老赵又对他的儿子说了。这时候,不但是老赵和他那个子细高细高的儿子兴奋着,老赵的邻居们也都跟着兴奋了起来,他们不知道那盘子里该是什么菜,难道是老赵儿子的手艺?这时候,老赵的女人也出现了,笑着靠在门上,她在背后对她个子细高细高的儿子说:"你就打开盘子让叔叔大爷们看看你的菜。"好像老赵的女人一出现,老赵那个子细高细高的儿子忽然有了勇气,他已经把手伸了过去,白皙的手指,把扣在菜盘上的盘子轻轻一掀,这中间他还犹豫了一下,但还是把盘子一下子掀了开来。坐在桌子边的老赵的那些邻居们看到了什么?盘子里居然没有菜,红红的,盘里放着一张对折的红纸,像是请帖,但会是请帖吗?这是什么?这最后一道菜是什么?老赵的邻居们都有些傻,都不知道这是怎么回事,都抬起头看着老赵。老赵抑制不住兴奋,他的手在那里抖,他颤抖地把盘里那请帖样的红纸拿在手里了,手抖动得就更厉害了,老赵把对折的红纸拿在眼前念了起来,声音也在跟着抖,这回是老赵的那些邻居们也激动起来。他们都听清了,这是入学通知书,老赵那个子细高细高的儿子的入学通知书,老赵的儿子居然被录取了,而且是清华大学!"再念一遍。"不知谁兴奋地说。老赵就又念了一遍,声音抖得更厉害:"清华大学。""再念一遍。"不知谁又大声说。老赵就又抖抖地大声念了一遍:"清华大学!""这真是最好的一道菜!"沈局长说话了,声音亦激动得有些不对头,他说话的时候,老赵和老赵女人的脸上都有一道一道亮亮的光,但那不是汗。"这真是最好的一道菜了!"沈局长又激动地大声说,手也举起来,"世界上还有没有比这道菜更好的菜?"沈局长执意要敬老赵和老赵女人一杯,老赵的那些邻居们也都纷纷举起杯子来,老赵的手抖得更厉害了,接过酒杯,一杯酒有一半都洒在了地上,另一半喝到嘴里马上又给顶了出来,人们都听到了老赵那尖锐的哭声,从口中一下子喷涌而出。

"花生地真是好地方啊!"不知谁叹息了一句说。